杜甫和草堂

赵丽宏 著

長江出版傳媒 | 长江文艺出版社

图书在版编目（CIP）数据

杜甫和草堂 / 赵丽宏著. -- 武汉 : 长江文艺出版社，2023.9
ISBN 978-7-5702-3247-5

Ⅰ. ①杜… Ⅱ. ①赵… Ⅲ. ①散文集－中国－当代 Ⅳ. ①I267

中国国家版本馆 CIP 数据核字(2023)第 135330 号

杜甫和草堂

DUFU HE CAOTANG

责任编辑：刘兰青　龙子珮　　责任校对：毛季慧

装帧设计：柒拾叁号　　责任印制：邱　莉　王光兴

出版：长江出版传媒 | 长江文艺出版社

地址：武汉市雄楚大街 268 号　　邮编：430070

发行：长江文艺出版社

http://www.cjlap.com

印刷：湖北新华印务有限公司

开本：880 毫米×1230 毫米　1/32　印张：6.625　插页：8 页

版次：2023 年 9 月第 1 版　　2023 年 9 月第 1 次印刷

字数：121 千字

定价：36.00 元

目录

杜甫和草堂

一座草堂，几间茅房，坐落在乡野，掩隐在绿荫，堂前有花木，宅畔有流水，春燕在屋檐下筑巢，秋雁在屋顶上落脚。寒风吹过，屋上茅草飞扬，冰雪袭来，梁架摇摇欲摧。一座最普通的乡间草堂，为什么，风雨无法摧毁，冰雪难以掩埋。一千多年，荒而不废，塌而又起，金黄的茅草屋顶，如同一艘不沉的航船，在岁月的长河中漂浮，在人心的海洋里远航。从古到今，亿万人络绎不绝来到这里，站在柴门边看草堂内外的景象，亲近宅院中的一草一木，倾听园林里的天籁回声。踏着曲折的小径，穿过幽静的竹林，徜徉在花树田垄之间，人们寻寻觅觅，追随着诗人的屐痕。这里的一切，都可以衍生出诗篇。这些诗篇，起于青萍之末，源于一个伟大灵魂，拨动了一代又一代中国人的心弦。

杜甫草堂，是成都的魂魄所在，也是中国诗史上的一块举世无双的碧玉，无论世界发生多大的变化，它总是荧光耀眼，安安静静地映照着人世，使无数驿动烦躁的心灵趋向优美，归于沉静。

杜甫草堂，是一个伟大诗人的清贫之家，却是他留给世界的珍贵礼物。它虽然简朴，却比帝王宫殿更幽深辉煌；它虽然清寒，却是温暖人心的精神故乡。到成都，怎能不来拜访这名扬天下的诗歌圣殿？怎能不来看一看一代诗圣曾经生活创作的所在？

杜甫一生颠沛流离，饱尝人间的风霜和苦难。在成都草堂度过的岁月，是他生命中安稳宁静的时光，在这里他远离了战乱，避开了人世的喧嚣和倾轧，头顶上的茅草覆盖着一个温暖安宁的家，身边是田园流水，耳畔是天籁灵动，还有纯朴的邻居、有趣的访客，更有源源不断、汹涌而至的诗之灵感。杜甫在草堂住了三年零九个月，留下了二百四十余首不朽的诗篇。草堂岁月，是他一生中的创作黄金时期。杜甫的草堂诗篇中，有很多脍炙人口的佳作，直到今天，还在被后人吟诵。

现在的杜甫草堂，是一个林木蓊郁、竹荫蔽日、建筑成群的古代风格园林，规模之大，犹如国家公园。杜甫的茅屋，是杜甫草堂的中心，在阔大的园林中，只占了小小的一角。现代人看到的茅屋，当然不可能是杜甫住过的草堂。世间没有一间草房能经受千百年风霜雨雪。杜甫草堂的原貌如何？杜甫生活过的田园什么样？杜甫在这里怎样生活？谁能准确描述？答案，其实是现成的，没有人能把这答案抹去。这答案，就藏在杜甫的诗篇中。杜甫到成都后写的诗篇，很具体地描绘了他的草堂生活，真实生动地剖露了他当时的心境。草堂，是他诗篇中的灵感之源泉，灵魂之依托。草堂虽小，却连接着天地万象，包孕着那个时代的悲欢哀乐。

为卜林塘幽

杜甫来成都之前，因战乱颠沛流离了很久。公元 759 年深秋，在同谷，杜甫度过了一生中最悲惨的时光。

很多年前，我曾在甘肃成县寻访杜甫的屐痕。成县，也就是古时同谷，躲避战乱的杜甫一家曾在那里度过最凄苦的两个月。在那里，杜甫忍饥受冻，无奈地看着自己的几个孩子在饥寒中死去。日子再悲苦，诗人却依然写诗，杜甫的《同谷七歌》，是一些痛彻心扉的呻吟，曾经使很多人读之下泪。《同谷七歌》的第一首，杜甫是为自己画像："有客有客字子美，白头乱发垂过耳。岁拾橡栗随狙公，天暮日寒山谷里。中原无书归不得，手脚冻皴皮肉死。呜呼！一歌兮歌已哀，悲风为我从天来。"第二首，他写给当时赖以活命的农具："长镵长镵白木柄，我生托子以为命。黄独无苗山雪盛，短衣数挽不掩胫。此时与子空归来，男呻女吟四壁静。"在大雪覆盖的山野中挖黄独，却一无所得，空手而归，草屋中断炊熄火，只有痛苦的呻吟。那真是饥寒交迫的景象。杜甫的《同谷七歌》，真实而深刻地写出了他当时的状态和心境，那种悲苦和凄凉，渗透着泪和血，字字震撼人心。

同谷也有一个杜甫草堂，那是荒山脚下的简陋茅舍，背后是峻峭的仙人崖，前面是急流汹涌的青泥河。杜甫当年住过的草房，当然早已无迹可寻，我看到的草堂，是现代人所建，不过位置大概不会错。住在这险山恶水侧畔，忍受着饥寒孤独，杜甫却仍不间断写诗。曾有人批评杜甫的《同谷七歌》，说他写得太凄苦，只是悲叹穷老作客，对前途没有一点希望的前瞻。杜甫到同谷那年四十八岁，正值壮年，未入老境，不该写得如此悲观。这样的批评，实在可笑。批评者如果设身处地想一下，假如你陷入这样的困境，贫病交加，饥寒相迫，子女夭折，而且不知明天会有什么更可怕的景象出现，你会写出什么样的诗呢？其实，在那个时代，男人四十八岁，也算步入老境了。

公元 759 年 12 月，杜甫从同谷辗转来到成都，一路历尽艰辛。当成都出现在地平线上时，诗人眼帘中的天地为之一新，他感觉自己的人生展开了全新的一页，惊喜之情溢于言表。他到成都后写的第一首诗《成都府》，表达的就是刚到成都时那种惊喜交加和对未来的憧憬：

翳翳桑榆日，照我征衣裳。
我行山川异，忽在天一方。

但逢新人民，未卜见故乡。
大江东流去，游子去日长。
曾城镇华屋，季冬树木苍。
喧然名都会，吹箫间笙簧。
信美无与适，侧身望川梁。
鸟雀夜各归，中原杳茫茫。
初月出不高，众星尚争光。
自古有羁旅，我何苦哀伤。

那时的成都被人称为南京，在人们的心目中，这是一个富庶繁华安宁的都市，与那些穷乡僻壤和战乱之地相比，这天府之国犹如人间仙境。从同谷的穷山恶川来到这里，杜甫厌倦了漂泊的人生，心生安家久居的念头。尽管远离故乡，远离京华，游子的思乡之情依然如故，但如果能安定地在这里生活，也是令人向往的事情。

初到成都，杜甫没有自己的家，一家人寓居郊外的草堂寺。杜甫的五律《酬高使君相赠》，记录了当时的景象：

古寺僧牢落，空房客寓居。
故人供禄米，邻舍与园蔬。
双树容听法，三车肯载书。
草玄吾岂敢，赋或似相如。

这首诗是和时任彭州刺史高适的酬唱。高适寄诗给杜甫，杜甫写了这首诗回赠。诗中没有描绘古寺面貌，但写出了当时他的生活和心境。住在古寺中，吃住都依靠别人，也可以听听僧人说法。最后两句，杜甫是自谦，也是自信。他自谦无法如杨雄那样研究高深的《易经》，但写诗作赋，自信还是可以和司马相如比一下的。

没有人知晓这草堂古寺何等模样，据古人记载，这草堂寺在成都府西七里。既名草堂寺，应该是一座茅草盖顶的寺庙。杜甫在自己的草堂建成前，就住在这里。我想，也许是草堂寺的建筑和住在草屋中的感觉，使杜甫感觉亲切舒适，才动了为自己建一座草堂的念头。

杜甫的心愿，终于有了实现的可能。公元 759 年初春，有朋友在成都西郊浣花溪畔选定一个风景秀美的地方，并出资让杜甫为自己建造一个住所，从此杜甫结束流浪漂泊、居无定所的生活。七律《卜居》，就是写选址建居所时杜甫的心情：

浣花溪水水西头，主人为卜林塘幽。
已知出郭少尘事，更有澄江销客愁。
无数蜻蜓齐上下，一双鸂鶒对沉浮。
东行万里堪乘兴，须向山阴上小舟。

所谓“卜居”，就是选择住地。朋友为杜甫选的是一个好地方，傍水依林，环境优雅，蜻蜓飞舞，鸟雀鸣唱。放一叶扁舟在门前的江河，就可以顺水东去，万里远航，直达久别的故乡。

在这么美妙的地方，杜甫怎么把自己的新家建造起来呢?

草堂初建成

浣花溪畔的一亩荒地，成了杜甫的宅园。草堂的设计者，应该是杜甫自己。有草堂古寺的样本，也有诗人一路见识的各种草屋，杜甫知道自己需要的是什么样的住所。草堂，绝非豪宅，是最朴素的住房，柴门竹篱，泥墙木梁，茅草屋顶。杜甫喜欢的就是它的简朴，它和周围环境的亲近和谐。

建住宅，必须要花钱，花钱买材料，花钱雇人盖房，花钱添置各种生活用品。尽管杜甫为自己设计的是一个简朴的住所，但草堂不可能从天而降。杜甫两袖清风，囊中羞涩，哪里来钱? 好在有朋友相助。究竟是谁资助了杜甫，没有确切的资料可以查询。杜甫的诗中，有一位慷慨解囊的亲戚，这是他的表弟王十五。王十五在城里做官，他曾出城送钱给杜甫，帮助他建造草堂。这样的雪中送炭，杜甫感激于心，写诗表达了谢意:

客里何迁次？江边正寂寥。
肯来寻一老，愁破是今朝。
忧我营茅栋，携钱过野桥。
他乡唯表弟，还往莫辞劳。

这首诗题为《王十五司马弟出郭相访兼遗营草堂》。这位排行十五的王姓表弟的来访，不仅给杜甫送来了银钱，也给他带来亲情的温暖。当时资助杜甫的，一定不只这位王表弟，还有其他人。

宅园平整了，草堂盖得有点样子了，杜甫兴致勃勃，在新盖的房舍前后忙忙碌碌，指挥着前来帮忙的匠人和小工。这种为自己建一个家的忙碌气氛，使杜甫对未来的生活有了美好的憧憬。

除了盖草堂，还要养花植树，美化环境。树苗哪里来？杜甫自有独特的方式。当时杜甫早已是名满天下的大诗人，杜甫知道自己诗作的价值，一纸诗文，可以换来草堂需要的树苗。有诗为证：

奉乞桃栽一百根，春前为送浣花村。
河阳县里虽无数，濯锦江边未满园。

这首题为《萧八明府实处觅桃栽》的七绝，浅近直白，如同口语，意思很明确，是向人索要桃树苗，移栽在草堂周围。诗写给一位姓萧的明府，也就是当地的县令。这样的诗，也是杜甫的独创，尽管是索要树苗，却绝不是低三下四的乞讨，而是文人之间的风雅而富有情趣的交往。以大诗人手书的诗篇，换一百棵桃树苗，以今日的眼光，那位萧八明府是占了大便宜。不过在当时，大概并非人人都愿意用一百棵桃树来换一张诗简。大诗人的诗篇和墨迹，在知音或者附庸风雅者的心目中，可能是无价之宝，而在不认识杜甫的人眼里，也许一钱不值。这位萧八明府，必定是杜甫的知音，杜甫也了解他，所以才会自信能以自己的诗换取桃树。而这样的诗，写得随意，不讲究格律，以诗代简，这也是杜甫的创造。

向人索要树苗的诗简，留存的杜甫诗中还有。杜甫还曾向韦班索要松树苗（《凭韦少府班觅松树子》），这首要松树的诗，写得很艺术，诗中未见一个松字，却句句都是说松：

落落出群非榉柳，青青不朽岂杨梅。
欲存老盖千年意，为觅霜根数寸栽。

住在成都的诗人何邕是杜甫的好友，杜甫知道何邕的宅院中有桤树，就写诗向他索要（《凭何十一少府邕觅桤木栽》）：

草堂堑西无树木，非子谁复见幽心。
饱闻桤木三年大，与致西边十亩阴。

杜甫喜欢桃树、松树和桤树，也喜欢竹子。他写诗向曾做过绵竹县令的韦续索取绵竹（《从韦二明府续处觅绵竹》）：

华轩蔼蔼他年到，绵竹亭亭出县高。
江上舍前无此物，幸分苍翠拂波涛。

草堂周围，种了桃树、松树、桤树和竹子，还要种别的花果。杜甫当时写了多少向人索要花树的诗，不得而知。为了所需果树，他还曾登门拜访，向人求索。杜甫的诗中，出现过一位徐卿，杜甫曾登门向他要果树移栽草堂（《旨徐卿觅果栽》）：

草堂少花今欲栽，不问绿李与黄梅。
石笋街中却归去，果园坊里为求来。

读杜甫的这些诗，能感受到他在初建草堂时的辛劳忙碌和兴致勃勃的精神状态。为了经营一个能够安居乐业的家，这样的辛苦很值得。对一个漂泊流浪的诗人，要建一个像样的家，谈何容易。草房盖起来，只是一个空壳，为备齐家里的生活器具，杜甫也是煞费苦心。杜甫的草堂诗篇中，有一首七绝《又于韦处乞大邑瓷碗》，这也是向人索求的诗简，诗中所要，不是树苗，是瓷碗：

> 大邑烧瓷轻且坚，扣如哀玉锦城传。
> 君家白碗胜霜雪，急送茅斋也可怜。

大邑的瓷碗，被杜甫描绘得精致美妙，又轻又坚，扣如哀玉，白胜霜雪。当时四川的瓷器，是否如杜甫写得那么好，让人怀疑。杜甫为索要瓷碗，在诗中美化夸张，完全可能。除了瓷碗，杜甫一定还向人索要过其他器物。索要瓷碗的诗题中有“又”字，之前当然还向人要过其他。

诗人的草堂，尽管简朴，但杜甫一定会在其中营造艺术的气息。杜甫让人刷白了草堂的泥墙，白墙上可以写字作画。杜甫来成都落户的消息，在这里的文人墨客中四处流传，很多人为之兴奋，其中有的见过面，有的神交久远，有的慕名而来，想一睹这位名满天下的大诗人的风采。可以想象，这些来访者，一定想着帮助杜甫，为他营造家舍出一点力。其中有一位善画骏马的名画家，名叫韦偃，来到杜甫新落成的草堂后，在空荡荡的厅堂里转了一圈，手指东墙新粉刷的白壁，笑着对杜甫说：我赠你两匹马，如何？杜甫明白画家的意思，让家人拿出文房四宝，笑答道：笔墨在此，任君驰骋。

韦偃挥洒笔墨，很快在白墙上画出两匹马来，一匹低头吃草，一匹昂首嘶鸣，两匹马栩栩如生，一静一动，静中见动，令人遐想它们奋蹄飞奔远走天涯的雄姿。韦偃在白壁上画完双马图，杜甫也写出了《题壁上韦偃画马歌》：

韦侯别我有所适，知我怜君画无敌。
戏拈秃笔扫骅骝，欻见骐骥出东壁。
一匹龁草一匹嘶，坐看千里当霜蹄。
时危安得真致此，与人同生亦同死。

我想杜甫当年一定是将这首诗题写在了韦偃的画边上，画和诗珠联璧合,相得益彰,成为草堂中的美景。这样的壁画，如果能保存至今，将是让世界惊叹的瑰宝。墙上这两匹骏马，天天都在诗人的注视之下，杜甫在赞叹的同时，也许把它们看作了草堂的一部分，也就是家的一部分，人和画，活动的人和静止的马，交融互动，渐成一体。所以杜甫会生出“与人同生亦同死”的感叹。

营建草堂，花费了好几个月。杜甫到成都的第二年春末，终于全家搬进了新落成的草堂。草堂宅园不大，初建时才一亩，后来逐渐扩大。宅园里花树满庭，除了草堂，还有两个小亭，棕亭和草亭；被杜甫称为“花径”的小路，蜿蜒在花树丛中。阳光下，新建的草堂屋顶闪烁着金色的暖光，房舍浣花溪水水西頭，主人為卜林塘幽。已知出郭少塵事，更有澄江銷客愁。

書卜居前四句

杜甫草堂選址後欣然而作

黃四娘家花滿蹊，千朵萬朵壓枝低。
留連戲蝶時時舞，自在嬌鶯恰恰啼。

杜甫江畔獨步尋花得遇芳鄰遂有此诗

壬辰六月 趙麗宏

四周，新栽的花树已经扎根存活，碧绿的嫩叶星星点点，点缀在枝头。燕子在树林和草堂间来回飞舞，空气中轻漾着它们欢快的鸣唱，池塘里，荷叶摇曳，小鱼在清波中穿梭。杜甫站在草堂门口，环顾四周，欣赏自己亲手营造的新家，想到从此就将安居乐业，结束颠沛流离的生活，不禁喜上眉梢。他以轻松欢悦的心情，写成七律《堂成》，庆贺新生的草堂：

背郭堂成荫白茅，缘江路熟俯青郊。
桤林碍日吟风叶，笼竹和烟滴露梢。
暂止飞乌将数子，频来语燕定新巢。
旁人错比扬雄宅，懒惰无心作解嘲。

杜甫在这首诗中描绘了草堂优雅的景致，最后两句，颇值得玩味。“旁人错比扬雄宅”，什么意思？扬雄也是四川人，老家就在离成都很近的郫县（今郫都区），成都也曾是他生活的地方。杜甫在这里建草堂定居，当时在成都一定传为美谈，而这个新建的草堂主人，堪比扬雄再世。对这样的类比，杜甫言称“懒惰无心作解嘲”，心里大概还是有一点得意的。这也是杜甫刚住进草堂时满心喜悦的自然流露吧。

江村事事幽

今天的杜甫草堂，根据杜甫的诗意，尽力在恢复他当年曾生活过的痕迹——柴门，曲径，竹林，松林，桃圃，草堂。这大概还属于形似，当年的景象、当年的风物在杜甫心里撩动的涟漪，只能从他的诗中来寻找了。杜甫一生作诗，大多悲天悯人，凄怆忧愤，即便是风花雪月，也蕴含悲苦情怀。住进草堂之后，有一段时间，他竟一改从前诗风，写了不少纯粹的田园诗，诗中描绘风月，捕捉天籁，记录安宁闲适的生活，让人联想起隐居山林的陶渊明，联想起“采菊东篱下，悠然见南山”的心境。

杜甫在自己小小的宅园里，享受到了做一个农夫的乐趣。他在诗中写《为农》：

锦里烟尘外，江村八九家。
圆荷浮小叶，细麦落轻花。
卜宅从兹老，为农去国赊。
远惭勾漏令，不得问丹砂。

诗中可见草堂周围的田园风光，安居之后的农夫之乐。杜甫一生忧国忧民，这首诗中，却流露出看破红尘，思图归隐的念头，“卜宅从兹老，为农去国赊”，他准备住在草堂为农终老，远离朝廷国事，做一个悠闲的隐士。这样的念头，在杜甫的精神生活中是一个大转变。当然，要看破红尘，像道士葛洪一样隐居炼丹，对杜甫其实根本不可能，性格决定了他的命运。不过，草堂生活的暂时安逸，确实使他如闲云野鹤——一壶浊酒在手，面对花树湖塘，看日出日落，听风声鹤鸣，优哉游哉。且看他那时写的田园诗：

田舍清江曲，柴门古道旁。
草深迷市井，地僻懒衣裳。
榉柳枝枝弱，枇杷树树香。
鸬鹚西日照，晒翅满鱼梁。

这首五律题为《田舍》，杜甫在描述自己的生活环境时，似乎很为惬意悠闲的日子陶醉。他的另外几首五律《遣意二首》和《漫成二首》，表达的也是类似的意境。

《遣意二首》之一：
啭枝黄鸟近，泛渚白鸥轻。
一径野花落，孤村春水生。
衰年催酿黍，细雨更移橙。
渐喜交游绝，幽居不用名。

之二：

檐影微微落，津流脉脉斜。

野船明细火，宿雁聚圆沙。

云掩初弦月，香传小树花。

邻人有美酒，稚子夜能赊。

《漫成二首》之一：

野日荒荒白，春流泯泯清。

渚蒲随地有，村径逐门成。

只作披衣惯，常从漉酒生。

眼前无俗物，多病也身轻。

之二：

江皋已仲春，花下复清晨。

仰面贪看鸟，回头错应人。

读书难字过，对酒满壶频。

近识峨眉老，知余懒是真。

沉醉在山光水色中，聆听百鸟啼啭，欣赏四时风景，野花、春水、晨曦、落霞、明月……眼帘中没有俗物，一切都是美的。在这样的环境中，连多病的身体也感觉轻松了。在诗中，杜甫不止一次表达了对隐居生活的向往："渐喜交游绝，幽居不用名。"

那时节的诗中，几乎每一首都提到酒。但不是借酒浇愁，而是对酒当歌，抒发对美妙自然和田园生活的由衷赞叹。在草堂，没有人陪杜甫喝酒，一个人独酌，天籁做伴，一样兴味十足。他以《独酌》为题写诗，却并非慨叹孤独：

步屧深林晚，开樽独酌迟。
仰蜂黏落絮，行蚁上枯梨。
薄劣惭真隐，幽偏得自怡。
本无轩冕意，不是傲当时。

酒过三巡，杜甫常常觉得还不尽兴，便趁着酒兴，一个人出门散步。草堂外园庭虽不广阔，却也是一派天籁漾动，竹枝拂衣，蜂蝶引路，花香袭人，杜甫拄着一根拐杖，醉步踉跄，在庭园里且行且看，诗兴泉涌，独吟《徐步》：

整履步青芜，荒庭日欲晡。
芹泥随燕觜，花蕊上蜂须。
把酒从衣湿，吟诗信杖扶。
敢论才见忌，实有醉如愚。

残阳西下，血霞满天，若在羁旅之中，这一定是让诗人心生哀愁的景象。而杜甫坐在草堂前的院子里，一个人面对夕阳，产生的却是超然和自怡，他一边喝酒，一边吟唱《落日》：

落日在帘钩，溪边春事幽。
芳菲缘岸圃，樵爨倚滩舟。
啅雀争枝坠，飞虫满院游。
浊醪谁造汝，一酌散千忧。

在落霞辉映之下，在雀飞虫鸣之中，杜甫觉得杯中那浑浊的酒浆真是好东西，一壶下肚，万千忧愁都随之烟消云散。

草堂门前有浣花溪，江畔用木板搭建起水槛，坐在水槛上喝茶，观河畔花树，听水中鱼语，四面八方都有诗意涌来。杜甫把在这里写的两首诗谓之《水槛遣心》：

之一：
去郭轩楹敞，无村眺望赊。
澄江平少岸，幽树晚多花。
细雨鱼儿出，微风燕子斜。
城中十万户，此地两三家。

之二：

蜀天常夜雨，江槛已朝晴。
叶润林塘密，衣干枕席清。
不堪祗老病，何得尚浮名。
浅把涓涓酒，深凭送此生。

在水槛边上，停泊着一只小木舟，木舟虽小，却可以载下杜甫全家。兴致来时，杜甫会带着全家人从水槛上船出游，泛舟江上，一边观赏两岸风光，一边喝茶饮酒。这种不为生计，不为逃避兵乱的全家出游，从前根本无法想象。杜甫在七律《进艇》中描绘了全家泛舟江上的景象：

南京久客耕南亩，北望伤神坐北窗。
昼引老妻乘小艇，晴看稚子浴清江。
俱飞蛱蝶元相逐，并蒂芙蓉本自双。
茗饮蔗浆携所有，瓷罂无谢玉为缸。

除了坐船出游，杜甫也常常步行出门。在草堂的日子，杜甫有出游的闲情。成都的山光水色、市井风情，尽在诗人的视野中，牵动他的万般思绪。五律《西郊》，就是杜甫出游的收获：

时出碧鸡坊，西郊向草堂。
市桥官柳细，江路野梅香。
傍架齐书帙，看题减药囊。
无人觉来往，疏懒意何长。

杜甫写草堂生活，最显示其愉悦之情的，是七律《江村》：

清江一曲抱村流，长夏江村事事幽。
自去自来堂上燕，相亲相近水中鸥。
老妻画纸为棋局，稚子敲针作钓钩。
但有故人供禄米，微躯此外更何求？

写这首诗时，杜甫已住进草堂好几个月，从春天进入了夏季。这几个月，看来过得悠闲而恬静。田园宅边花树繁茂，草堂梁上燕子筑巢，湖塘水榭鸥鸟翩跹。在这样的环境中衣食无忧，妻子在纸上画出棋盘，应该有不少时间夫妻坐在树荫下喝茶对弈，儿子忙着准备钓鱼，把缝衣针敲弯了当鱼钩……这就是杜甫在《江村》中描绘的日常生活。这样的安宁自得的生活，到底能维持多久呢？杜甫其实心里也是没有底的。“但有故人供禄米，微躯此外更何求？”初来成都时，有朋友资助，衣食无忧，然而没有人能保证这样的状况能长期维持。杜甫是何等珍惜这一段为时不长的好时光。

邻家尽相识

杜甫虽然有时自比陶潜，但他在草堂过的并非隐士生活。尽管地处偏僻，杜甫还是结识了周围的邻居，并和他们和睦友好地相处。在草堂诗篇中，可以读到不少和邻居有关的篇章。写到和邻居交往，杜甫的笔下情不自禁地流露出欣喜和温情。五律《寒食》，是杜甫在草堂安家后不久写的一首诗。寒食，即清明，是初春时节。杜甫在诗中写到了他的邻居们：

寒食江村路，风花高下飞。
汀烟轻冉冉，竹日净晖晖。
田父要皆去，邻家闹不违。
地偏尽相识，鸡犬亦忘归。

邻居有邀，杜甫都会欣然而往；邻家有什么问题，杜甫也会不厌其烦来回答。住进草堂没有多长时间，他就认识了周围的邻居，而且关系密切，不是“鸡犬之声相闻，老死不相往来”，而是亲如一家人，“鸡犬亦忘归”。有时，热情的农夫还会把杜甫拉进门强留喝酒，“步屧随春风，村村自花柳。田翁逼社日，邀我尝春酒”（《遭田父泥饮美严中丞》）。一天，有不知姓名的农夫上门，送来一大筐鲜红的樱桃，让杜甫不胜惊喜：

《野人送朱樱》
西蜀樱桃也自红，野人相赠满筠笼。
数回细写愁仍破，万颗匀圆讶许同。
忆昨赐沾门下省，退朝擎出大明宫。
金盘玉箸无消息，此日尝新任转蓬。

所谓“野人”，就是村野之人，是住在附近的农夫。这首诗咏物思故，面对着新鲜欲滴的红樱桃，杜甫回想起在长安的宫廷生活。农夫送来樱桃，使杜甫为邻里热情善良的情意感动，却也撩动了他无法报效朝廷的郁闷。不过，品尝这些鲜美的樱桃，郁闷大概也会随之消解。如果心气不顺，步出草堂，可以去和那些亲切友善的邻居们去说说话。草堂南面和北面的两位近邻，先后出现在杜甫的诗中。

《南邻》
锦里先生乌角巾，园收芋栗未全贫。
惯看宾客儿童喜，得食阶除鸟雀驯。
秋水才深四五尺，野航恰受两三人。
白沙翠竹江村暮，相对柴门月色新。

这首诗，应该是杜甫受邀访问“南邻”后所作。南邻锦里先生，是一位恬淡达观的隐士，尽管家境清寒，但精神不显悲苦，孩子们在家中欢笑嬉戏，鸟雀在面前台阶上悠然啄食，竟然不惧主人，看来这家人对鸟雀来访已经习以为常，人和鸟互不干扰，和谐相处，也是难得。杜甫在诗中描述了他们家中温馨平和的景象,生动如画。告辞时,已是暮色四合，锦里先生送杜甫上船，又是另外一幅恬静优美的图画。这位被称为锦里先生的南邻，在杜甫的草堂诗中出现了两次，还有一首五律《过南邻朱山人水亭》，诗中主角也是他，从此诗题得知，这位锦里先生姓朱：

相近竹参差，相过人不知。
幽花欹满树，小水细通池。
归客村非远，残樽席更移。
看君多道气，从此数追随。

读这两首诗，可以感知杜甫对这位南邻是颇为敬重的，《南邻》中有对他家中气氛的描述，后一首诗中又有“看君多道气”的评价，可见这位朱山人，有道骨仙风，非等闲之辈。能和这样的高士为邻，杜甫当然高兴。他和南邻的交往，不会仅限于这两首诗中的描写，既然“从此数追随”，杜甫一定常常和他在一起交流叙谈。

草堂南面有高士，北面的邻居是一位退休县令，也是很有情趣的风雅之士，常常来草堂看望杜甫：

《北邻》
明府岂辞满，藏身方告劳。
青钱买野竹，白帻岸江皋。
爱酒晋山简，能诗何水曹。
时来访老疾，步屧到蓬蒿。

这位退休的北邻，和南邻一样，也是性格独特的清高之士。看来他并没有在县令的位置上贪污敛财，靠搜刮民脂民膏致富，而是退休后告老还乡，住简朴的房舍，过清寒的生活。他爱喝酒，会作诗，经常衣衫不整地在江边踱步，还舍得花钱买野竹在宅畔栽种。杜甫欣赏他这种闲情逸致。

杜甫的草堂诗中，还写到一位有名有姓的邻居，姓斛斯，名融。此君是一个潦倒的文人，擅写碑赋，卖文为生，平时不问农事，只要有一点钱，今朝有酒今朝醉。一天，杜甫去看他，只见房门紧锁，庭院荒芜。原来主人去南郡索要写碑文的钱，出门很多天还没回来。杜甫知道，他一定是得了钱，买醉他乡，把回家这件事也忘记了。杜甫在诗中写了这位忘记归家的邻居。

《解斯闻六官未归》
故人南郡去，去索作碑钱。
本卖文为活，翻令室倒悬。
荆扉深蔓草，土锉冷疏烟。
老罢休无赖，归来省醉眠。

在《江畔独步寻花七绝句》中，又见到了这位邻居的身影，“走觅南邻爱酒伴，经旬出饮独空床”。这位“爱酒伴”，虽然潦倒，但也是有情趣的人，杜甫常常去找他饮酒畅谈，大概颇有酒逢知己的感觉。

杜甫在草堂最出名的邻居，是黄四娘，不是因为她地位高，也不是因为她有国色天香的美貌，而是她和她的家出现在了杜甫的诗中，而这首诗脍炙人口，引起读者丰富的联想。杜甫写黄四娘的诗，在《江畔独步寻花七绝句》中。这一组诗，一共七首，是杜甫在江畔散步后写的七言绝句，写的都是花事：稠花乱蕊，红花白花，百花高楼，桃花一簇，落花纷纷……这七首诗中，只有写黄四娘的这一首，广为流传：

黄四娘家花满蹊，千朵万朵压枝低。
留连戏蝶时时舞，自在娇莺恰恰啼。

黄四娘家，离草堂不远，出门散步就可经过，杜甫一定拜访过这位芳邻，并受到过她的款待。这首诗很明显地表达了杜甫欢悦的心情，一个女子，和似锦繁花连在一起，和飞舞的彩蝶、唱歌的夜莺连在一起，当然是美妙佳人的形象。杜甫和黄四娘的交往，究竟是什么状态？是茶酒相待，是言语交流，或者只是远远地挥一挥手，打一声招呼，甚至只是点点头，莞尔一笑，都有可能，然而毫无疑问，和黄四娘的交往，在杜甫的心中留下了美好印象。所以写到黄四娘，才会花枝万千，莺啼蝶飞。苏东坡送人书法时，喜欢写杜甫的这首诗，东坡曾在一幅书法的题跋中这样议论："此诗虽不甚佳，可以见子美清狂野逸之态，故仆喜书之，昔齐鲁有大臣，史失其名，黄四娘独何人哉，而托此诗以不朽，可以使览者一笑。"苏东坡说得有道理，因为杜甫的这首诗，黄四娘名垂青史，比那些生时显赫、死后埋名的王公贵族，名气要大得多。只要杜甫的诗还在人间流传，黄四娘的形象，就会在杜甫的草堂诗篇中一直活下去。

花树皆知友

杜甫在草堂的日子，不感觉寂寞，有田园天籁，有纯朴乡邻，有诗书相伴，还有一批默默无言、宠辱不惊、饱含情趣的朋友。这些朋友，是草堂四周的花树。这些花树，都是杜甫亲手栽种。杜甫为它们浇水锄草，观察欣赏它们成长的姿态。

草堂的宅园之中，有桃树、松树、桤树、柏树、柳树、榆树、棕树、梧桐、楸树、桂树，还有梅、李、橘、橙、梨、枇杷、丁香、丽春和栀子。池塘里，有莲、荷、菱。杜甫日日遇见它们，绿叶遮阴，翠枝拂袖，丝丝缕缕的花香如无形纤手，在杜甫身畔挥动，抚摸着他的身心。

水岸畔，有几棵花树，让杜甫看得满心喜欢，他观赏它们，如观赏佳人。一株丁香，一株栀子，花萼文雅，清香袭人，映照着清澈的江波。杜甫忍不住写诗赞美它们：

《江头五咏·丁香》

丁香体柔弱，乱结枝犹垫。
细叶带浮毛，疏花披素艳。
深栽小斋后，庶近幽人占。
晚堕兰麝中，休怀粉身念。

《江头五咏·栀子》

栀子比众木，人间诚未多。
于身色有用，与道气伤和。
红取风霜实，青看雨露柯。
无情移得汝，贵在映江波。

杜甫初建草堂时，曾在门前的院子里种了四棵松树。不管春夏秋冬，这四棵松树总是一片青翠，展示着生命的活力。杜甫流寓知州时，心里也牵挂着它们：“尚念四小松，蔓草易拘缠。霜骨不堪长，永为邻里怜”（《寄题江外草堂》）。他在离开一年多之后重返草堂，发现这四棵松树尽管无人照料，却仍然活着，而且枝繁叶茂，长高了许多，不由得悲喜交集，生出无穷感慨，遂作《四松》：

四松初移时，大抵三尺强。
别来忽三岁，离立如人长。
会看根不拔，莫计枝凋伤。
幽色幸秀发，疏柯亦昂藏。
所插小藩篱，本亦有堤防。
终然振拨损，得愧千叶黄。
敢为故林主，黎庶犹未康。
避贼今始归，春草满空堂。
览物叹衰谢，及兹慰凄凉。
清风为我起，洒面若微霜。
足为送老资，聊待偃盖张。
我生无根蒂，配尔亦茫茫。
有情且赋诗，事迹可两忘。
勿矜千载后，惨淡蟠穹苍。

诗中的松树，是杜甫可以推心置腹的知友，诗人将心中的忧苦和惆怅，低声向久别的松树倾诉；松树的回应，是清风拂袖，翠枝迎面。面对无言的松树，杜甫感觉是面对有情有义的老友。

松树的邻居，是桃树。桃树有五棵，种在园子的另一侧。从柴门外面进草堂，总能先看见它们。桃树虽不高大，也没有遮天绿荫，但给杜甫的生活带来很多生活的乐趣——春天开花，门前一片红云烂漫；夏日结实，枝头万千硕果累累。杜甫躲避战乱离开草堂一年多，这五棵桃树无人照料，但仍在开花结实。杜甫重回草堂时，桃树已过了花期，他发现五棵桃树枝丫横生，树荫竟然遮蔽了通向草堂的小路。看到桃树，杜甫仿佛和久违的老友重逢，写了七律《题桃树》：

小径升堂旧不斜，五株桃树亦从遮。
高秋总馈贫人实，来岁还舒满眼花。
帘户每宜通乳燕，儿童莫信打慈鸦。
寡妻群盗非今日，天下车书正一家。

草堂中最多的还是竹子，杜甫自称“有竹一顷余”，他亲手栽种的绵竹，已经生长得蓬蓬勃勃，一片葳蕤，道路边，篱墙畔，竹枝摇曳，翠叶青青。杜甫诗中有名句：“新松恨不高千尺，恶竹应须斩万竿”，所以在世人眼里，杜甫讨厌竹子。其实，杜甫爱竹，除了这两句，他的所有咏竹篇都是褒扬之词，譬如：“嗜酒爱风竹，卜居必林泉”“杖藜还客拜，爱竹遗儿书”“竹深留客处，荷净纳凉时”，读这些诗句，哪里有半点厌竹的影子。杜甫在同时期写的五言律诗《严郑公宅同咏竹》，是一首竹的赞歌，其涵义，和“恶竹应须斩万竿”意思恰好相反：

绿竹半含箨，新梢才出墙。
色侵书帙晚，阴过酒樽凉。
雨洗娟娟净，风吹细细香。
但令无剪伐，会见拂云长。

以如此欣喜的心情，细腻地描绘对竹的喜好，在唐诗中也是很突出的。其中“但令无剪伐，会见拂云长”两句，正好是对“恶竹应须斩万竿”的否定。如此怜竹爱竹，怎么可能又在诗中声称要“斩万竿”呢？其实也不费解。杜甫要斩的，是“恶竹”。什么是恶竹？当然不会是杜甫由衷赞美的青青新竹。我理解，这恶竹，应是那些杂乱丛生，遮挡了看风景视线的野竹，是那些已经衰老枯黄、没有了美感的迟暮老竹。这样的竹子，留也无益，不如砍去，让更多的新竹嫩竹破土而出。用“新松”对“恶竹”，其实是作诗时对仗的需要，更妥帖的对仗，其实应该是用“新竹”来对“恶竹”。我这么说，也许会被人笑，但是读了杜甫那些对竹充满欣赏和怜爱的诗句后，生出这样的想法，也很自然。其实，杜甫的眼中，有“恶竹”，也有“恶树”，那些杂乱生长、病相毕露、破坏了园中风景的杂木，便是“恶树”，杜甫常常拿着斧子，一路砍伐修整，并写诗记录，谓之《恶树》：

独绕虚斋径，常持小斧柯。
幽阴成颇杂，恶木剪还多。
枸杞因吾有，鸡栖奈汝何。
方知不材者，生长漫婆娑。

千百年来，杜甫草堂一直被竹荫笼罩着，这应是草堂的真实景象，也符合杜甫的本意。

杜甫的树友之中，感情最深挚的，也许要数一棵楠树。这是一棵树龄两百年的古树，不在杜甫的宅院之中，生长在离草堂不远的江边。楠树的树干高大挺拔，树冠如青云摩天，很远就可以看见，是这里的一个醒目的地标。杜甫选址建草堂，和这棵楠树也有关系，他喜欢这棵楠木，觉得与这样的美树为邻，是一种难得的缘分。杜甫经常从楠树身边走过，有时会坐在它的绿荫下休息。有一次杜甫在邻居家喝醉了酒，回草堂路上，躺在楠树下睡着了，一觉醒来，林涛入耳，绿荫满眼，醉意顿消。刚搬进草堂时，他就以《高楠》为题，为这棵楠木写了一首五律：

楠树色冥冥，江边一盖青。
近根开药圃，接叶制茅亭。
落景阴犹合，微风韵可听。
寻常绝醉困，卧此片时醒。

天有不测风云，树也有旦夕祸福。夏日的一天，雷声隆隆，风雨大作，天地万物仿佛都被狂风撼动了根基，飘摇不定。杜甫站在草堂里望着窗外，在狂风暴雨中，天地混沌，林木翻卷，大有世界末日的景象。大风终于逐渐平息，雨也停了。杜甫走出草堂，眼帘中的景象，让杜甫大吃一惊，宅园里花树枝叶凌乱，远处，竟消失了楠木的身影。杜甫走出柴门，来到江畔，只见楠树已横倒在路边，断枝败叶散落一地，狂风竟将巨大的楠木连根拔起，折断的根枝、根须在风中颤指天空……眼前的惨象，让杜甫瞠目结舌，那种感觉，如同一个好朋友突然被人谋杀。粗壮挺拔的树干，倒伏在凌乱的灌木和树叶中；楠木断枝残根上的那些水珠，在杜甫眼里，都是泪珠和血珠。回到草堂，杜甫难抑心中的悲伤，挥笔写成《楠树为风雨所拔叹》：

倚江楠树草堂前，故老相传二百年。
诛茅卜居总为此，五月仿佛闻寒蝉。
东南飘风动地至，江翻石走流云气。
干排雷雨犹力争，根断泉源岂天意。
沧波老树性所爱，浦上童童一青盖。
野客频留惧霜雪，行人不过听竽籁。
虎倒龙颠委荆棘，泪痕血点垂胸臆。
我有新诗何处吟，草堂自此无颜色。

在风雨中倒下的楠木，对杜甫的打击之大让人很难想象。“我有新诗何处吟，草堂自此无颜色”，楠树倒下，让杜甫无心写诗，草堂的美景，也从此失色。诗人写得有点夸张，但那种心情是真实的。

蓬门为君开

杜甫在草堂的日子清静安宁，他常常一个人独酌小酒，独对湖山，独享天籁。然而杜甫定居草堂，在成都也是一个重要的新闻，从京城来的大诗人在这里落户，难免引起很多人的好奇心。想来草堂看望杜甫的人很多，亲朋好友要来，不认识的人也会来。访客中有文人墨客，也有村野农夫；有达官贵人，也有平头百姓。草堂的柴门是敞开的，杜甫欢迎所有的来客。来访的宾客，一个又一个出现在他的诗篇中。杜甫想学陶渊明，“归去兮，请息交以绝游”，他曾在草堂诗中表现出隐逸的念头：“渐喜交游绝，幽居不用名。”不过他还是无法做到，如有客人来访，他不会拒绝，如是好友或是他欣赏的人，他必定热情相待。在他的草堂诗篇中，有好几首和宾客有关，其中流传最广的，是七律《客至（喜崔明府相过）》：

舍南舍北皆春水，但见群鸥日日来。
花径不曾缘客扫，蓬门今始为君开。
盘飧市远无兼味，樽酒家贫只旧醅。
肯与邻翁相对饮，隔篱呼取尽余杯。

这首诗，杜甫自注：“喜崔明府相过”。诗中的来客，是一位姓崔的县令，很显然，这位来客，杜甫是很欢迎的。从来不为客人清扫的花径，今天为你扫了；从来不为别人打开的家门，今天为你开了。尽管没有山珍海味上桌，也只有陈酒可以招待，但酒逢知己，尽可以畅饮抒怀，如果你不介意，可以把隔壁的老翁叫来，一齐喝个痛快。诗中洋溢着酒逢知己的喜悦，诗句亲切随和，如拉家常，是和熟悉的知友说话。读这首诗，可以感受到杜甫的纯朴和率真，也可以看到他是如何招待自己的挚友。“花径不曾缘客扫，蓬门今始为君开”，这两句待客之诗，已经成为千古绝唱。好友来做客，不讲究礼节排场，只要话语投机，粗茶淡饭又何妨。杜甫还有一首五律《有客》，也是类似的情境：

患气经时久，临江卜宅新。
喧卑方避俗，疏快颇宜人。
有客过茅宇，呼儿正葛巾。
自锄稀菜甲，小摘为情亲。

客人坐在草堂的客厅里，杜甫一边说话，一边让妻子到宅边菜地里采摘蔬果招待来客，也许自己也参与采摘。“小摘为情亲”，说得明白而动情——来客，是杜甫的心目中值得亲近的人。

在草堂来客中，有可以推心置腹的知心老友，有以诗文相识的神交之友，也有泛泛之交，甚至话不投机的人。杜甫对相熟的朋友，对喜欢的访客，随便而亲切，在诗中以“客”相称。对有的来访者，他敬称为“宾”；待客的态度，也完全不同，彬彬有礼，似乎客气谦谨，其实矜持自负。七律《宾至》，记录的就是这样保持着距离的一次待客：

幽栖地僻经过少，老病人扶再拜难。
岂有文章惊海内，漫劳车马驻江干。

竟日淹留佳客坐，百年粗粝腐儒餐。
不嫌野外无供给，乘兴还来看药栏。

这首诗耐人寻味，杜甫在诗中叙事而不抒情，是主人对客人说话，口气看似谦恭，其实包藏傲骨。这位贵宾大概以夸张的语气赞美杜甫的诗文，杜甫却不领情，答道：我哪有什么震惊海内的文章，还劳动大驾浪费时间来访。姿态谦谨，实则高傲，还流露嘲讽之意。杜甫没有点出这位贵宾的身份和名字，但很显然，他不是杜甫的知音，也不是杜甫喜欢的人。杜甫请这位贵宾吃了饭，他在诗中称自己待客的饭菜为“百年粗粝腐儒餐”，这样的自嘲和自伤背后，是暗讽对方和自己性情相悖不同道。

在草堂的访客中，地位尊贵的不少，杜甫对他们的态度，也是因人而异的。一次，杜甫在成都见到从京城来的侍御王抡，王抡许诺，说要带着酒和高适一起到草堂来拜访杜甫。杜甫回到草堂后，过了不少日子，不见王抡来，便以诗代书，催促王抡践诺，这是一首七律，诗题很长，点明了用意——《王十七侍御抡许携酒至草堂奉寄……请邀高三十五使君同到》：

老夫卧稳朝慵起，白屋寒多暖始开。
江鹳巧当幽径浴，邻鸡还过短墙来。
绣衣屡许携家酝，皂盖能忘折野梅。

戏假霜威促山简，须成一醉习池回。

这首诗，其实是邀请函。很显然，杜甫是盼望王抡和高适来草堂的，两位都是地位显赫的官吏——王抡是京城来的显贵，高适是杜甫的老友，时任彭州刺史，也是地方高官。杜甫邀请他们，不是因为他们尊贵的地位，是觉得和他们投缘。诗中描述了草堂宜人的景象，“江鹳浴幽径，邻鸡过短墙”，并以言语激将，君子须重诺，既然说要携酒来访，就该过来一醉方休。王抡果然没有食言，带着好酒，邀请了高适一起来到草堂，和杜甫畅叙共饮。这次造访相聚，写在了杜甫的诗中，诗题中把所记事件、人物和地点都点明了，这就是《王竟携酒，高亦同过，共用寒字》：

卧病荒郊远，通行小径难。
故人能领客，携酒重相看。
自愧无鲑菜，空烦卸马鞍。
移樽劝山简，头白恐风寒。

和盛情的邀请诗函相比，这首记三人聚会喝酒的诗，写得很冷静，不热闹，不夸张，似乎不像一次好友欢聚。高适也是当时的名诗人，和杜甫是老朋友。杜甫刚来成都时，高适就写诗来问候他，后来高适主政成都，也一直关心帮助他，两个人绝非泛泛之交。而那个王抡，和杜甫并无深交，但在这首诗中,王抡成了“故人”,而高适,却成了王抡带来的陪客。高适和杜甫之间,应该心有灵犀,不用客套。然而诗中的“自愧”和“空烦”，明显是客套话，让人想到《宾至》中的“岂有”和“漫劳”，口气和心态，颇为相似。我想，这多半是针对王抡而言。

杜甫虽然宦途失意，没有当过大官，但诗名如日中天，受人尊重。有人真心钦佩他，有人附庸风雅来看望他。杜甫的草堂门前，平时寂寞冷清，但成都时有贵人来访。《徐九少尹见过》也是类似的一次官人来访：

晚景孤村僻，行军数骑来。
交新徒有喜，礼厚愧无才。
赏静怜云竹，忘归步月台。
何当看花蕊，欲发照江梅。

杜甫草堂常常有不速之客来访。在不速之客中，有热爱杜甫的仰慕者慕名前来拜访，也有素不相识的过路人。对所有的访客，杜甫都不会把他们拒之门外。一天，门前马蹄声响，一个年轻人到草堂前下马叩门。年轻人进得柴门，也不通报姓名，就大大咧咧地登堂入室，在客厅里东张西望，然后走进杜甫的卧室，一屁股在床上坐下来，指着桌子上的酒壶，大声向杜甫要酒喝，那腔调，仿佛是走进了酒店，把杜甫当成了跑堂的店小二。杜甫在七绝《少年行》中非常生动地描绘了这一幕：

马上谁家白面郎，临轩下马坐人床。
不通姓字粗豪甚，指点银瓶索酒尝。

这首诗，如同一幅漫画，活画出一个粗鲁无礼的不速之客。杜甫没有交代少年究竟是谁，可能是某个和杜甫认识的官宦或者富豪之家的纨绔子弟，想来看看大诗人的模样，却不懂礼节；也可能是一个偶尔路过草堂的闲游客，并不知道草堂的主人是谁，贸然闯入。杜甫当时的反应，也是可以想象的，也许有点愕然，但并不发火。杜甫默默地接待那少年，微笑无语，茶酒相待。他大概也好奇，想看看这个鲁莽少年会荒唐到什么地步。结果会怎么样呢？那少年人，知道面对的是大诗人杜甫，或许会羞愧道歉，也可能最终也不明白草堂主人为谁，喝完酒抹一抹嘴拂袖而去。杜甫不会生一个无知少年的气，写《少年行》，叙事状人而不议论，表现的却是一种一笑了之的心情。

心声曜千秋

草堂生活的安宁，为杜甫的诗歌创作提供了难得的良好环境。杜甫是一个永不满足的诗人，他总是在寻思着如何让自己的诗歌有新的突破。在草堂，他每天都在为自己的新作精心构思，咬文嚼字。一天，杜甫走出草堂，看到门前的浣花溪春潮涌动，水面虽不阔大，水势却汹涌激荡，这使他联想起写诗之道，遂作七律《江上值水如海势，聊短述》：

为人性僻耽佳句，语不惊人死不休。
老去诗篇浑漫与，春来花鸟莫深愁。
新添水槛供垂钓，故著浮槎替入舟。
焉得思如陶谢手，令渠述作与同游。

杜甫在这首诗中道出了自己一生写诗的抱负“语不惊人死不休”，他是做到了。这里的所谓“惊人”，是打动人、感染人，让人因诗作的与众不同、别出心裁而惊叹。此诗的最后两句，他感叹如何能得遇陶渊明、谢灵运这样的高手同游，并期待他们写出绝妙诗篇。其实，杜甫的成就和影响，早已超出陶、谢。

杜甫在草堂写诗二百四十余首，以诗家眼光来看，每首诗都是结构美妙、情感丰沛的佳作，可以从中品悟出很多深邃的含义。其中有几首特别脍炙人口，已经成为唐诗中的经典，千百年来一直在世间流传。岁月的流逝，世态的演变，都没有改变这些诗篇的生命力。它们不仅是文学的经典，也是中国人高尚情感和精神的一种寄托。

在杜甫的草堂诗篇中，很多是对自然天籁的描绘，诗人以一颗沉静而善感的心灵，亲近自然，热爱自然，感受自然，写出了人和自然之间的亲密融合。住进草堂的第二年春天，又遇到了如期而至的雨季，春雨绵绵不断，滋润着返青的大地。此时，草堂是在雨雾的笼罩之中，窗外的景象，应该是朦胧不清，然而杜甫面对着雨天的世界，心里却涌动着一种柔情，大自然多么奇妙，在生命需要润泽时，春雨就悄悄地降落了。杜甫想到在雨中复苏的世间万物，想到朦胧雨雾之中隐藏的美景，满心喜悦，遂写《春夜喜雨》：

好雨知时节，当春乃发生。
随风潜入夜，润物细无声。
野径云俱黑，江船火烛明。
晓看红湿处，花重锦官城。

这首诗，已经成为写春雨的古诗中最受中国人喜欢的作品之一。人们不仅在其中感受到人与自然的和谐，还感受到人类对自然的感恩，并由此延展，成为对世间所有无声博爱的赞美。现代的人们,在引用杜甫“好雨知时节”“润物细无声”时，有多少人会想到草堂呢？若没有草堂岁月，杜甫也许永远没有心情写出这样的诗篇。

春雨使杜甫心生喜悦,春水也让他诗兴盎然。他以《春水》为题写了三首诗——一首五律，两首七绝，都是绝妙篇章。

《春水》
三月桃花浪，江流复旧痕。
朝来没沙尾，碧色动柴门。
接缕垂芳饵，连筒灌小园。
已添无数鸟，争浴故相喧。

《春水生二绝》
二月六夜春水生，门前小滩浑欲平。
鸬鹚鸂鶒莫漫喜，吾与汝曹俱眼明。

一夜水高二尺强，数日不可更禁当。
南市津头有船卖，无钱即买系篱旁。

杜甫在草堂写的很多五言绝句，也是亲近天籁的绝妙佳作。一首诗，二十个字，就是一幅构图独特、画面优美、意境幽深的画：

《绝句二首》（其一）
迟日江山丽，春风花草香。
泥融飞燕子，沙暖睡鸳鸯。

《绝句二首》（其二）
江碧鸟逾白，山青花欲燃。
今春看又过，何日是归年。

《绝句六首》
日出篱东水，云生舍北泥。
竹高鸣翡翠，沙僻舞鹍鸡。

蔼蔼花蕊乱，飞飞蜂蝶多。
幽栖身懒动，客至欲如何。

急雨捎溪足，斜晖转树腰。
隔巢黄鸟并，翻藻白鱼跳。

舍下笋穿壁，庭中藤刺檐。
地晴丝冉冉，江白草纤纤。

这些五绝中描绘的风景，都是杜甫日常所见，信手拈来，以直白朴素的文字，构筑成精美的诗篇。草堂周围的风景，其实非常有限。但在诗人眼中，景物却是瞬息万变，一年四季，一天四时，都会生出不同的美景。生活中每一个细节，天地间的每一点变幻，都会繁衍成韵味无穷的诗意。杜甫在草堂曾写《绝句四首》，都是写周围景物，表达舒畅旷达心情的佳作：

堂西长笋别开门，堑北行椒却背村。
梅熟许同朱老吃，松高拟对阮生论。

欲作鱼梁云复湍，因惊四月雨声寒。
青溪先有蛟龙窟，竹石如山不敢安。

两个黄鹂鸣翠柳，一行白鹭上青天。
窗含西岭千秋雪，门泊东吴万里船。

药条药甲润青青，色过棕亭入草亭。
苗满空山惭取誉，根居隙地怯成形。

这四首七言绝句中，第一、第二、第四首，现在的读者

兩個黃鸝鳴翠柳一行
白鷺上青天窗含西嶺
千秋雪门泊東吴萬
里船

壬辰五月 趙麗宏書

遲日江山麗春風花
草香泥融飛燕子
沙暖睡鴛鴦

杜甫草堂诗 壬辰夏 趙麗宏

已知之不多。第三首，在中国却是无人不晓，牙牙学语的孩童都能背诵，小学的语文课本中也能读到。“两个黄鹂”“一行白鹭”，窗外山上的“千秋雪”，门前水中的“万里船”，四句诗，二十八个字，竟描绘出如此丰富优美又阔大深沉的画面，诗中有细节，有色彩，有声音，有生动有趣的近观，有令人神往的远景；生命的活泼灵动，大自然的博大舒展，在这短短的绝句中被表现得淋漓尽致。这样凝练而美妙的诗篇，是杜甫的光荣，是唐诗的光荣，也是汉字的光荣。

我参观杜甫草堂时，曾想身临其境，体会这首诗中的画面和情景。前两句中的景象，应该还能找到，树上的鸟鸣，天上的飞禽，在草堂中到处能看见。后两句“窗含西岭千秋雪，门泊东吴万里船”，却是草堂中无论如何也看不到的风光。千年之前，草堂的窗外或许能看到远山，翠绿飘拂之时，山上是否有积雪，令人怀疑。这样的景象，今天肯定是看不到了。而最后一句，给人的感觉，展现的是长江边上的景象，浩瀚的江面上，千帆竞发，万樯如林，这大概也是草堂门前永远也不可能有的景象。草堂门前的浣花溪，不过是一条小河，可以让人泛舟垂钓，即便涨潮，也不会浩瀚阔大。然而杜甫诗中出现的景象，却也是合理的，诗人完全可以在他的创作中尽情地夸张和想象。这样的诗，并非照抄自然，纯粹写景，也非扭曲自然，虚构风景，而是景由情生，借景抒怀，写出诗人的欢悦和憧憬。

杜甫在草堂生活的这几年中，常常外出散心；成都的历史风物，在他的诗中不时出现。他攀青城山，登古琴台，寻石镜古迹，咏石笋石牛，写了很多吟咏山川历史的诗篇。杜甫欣赏诸葛亮，对他忠君报国的品格和济世谋略的才能衷心钦佩，他去武侯祠凭吊诸葛亮，触景生情，写了七律《蜀相》:

丞相祠堂何处寻，锦官城外柏森森。
映阶碧草自春色，隔叶黄鹂空好音。
三顾频烦天下计，两朝开济老臣心。
出师未捷身先死，长使英雄泪满襟。

《蜀相》是杜甫诗作中的不朽名篇，也是草堂诗篇中流传最广的作品之一。这首诗用的是平常的词汇，似乎也没有惊人之语，为何如此脍炙人口？只因为诗中流露的感情真实深挚，既讴歌了刘备和诸葛亮互相信任的君臣情谊，又对诸葛亮功未成而身先死表达了深切的惋惜，同时也委婉地表露了苍凉落寞的自伤。这样的情感，使很多人灵魂震撼，精神共鸣。

在杜甫的草堂诗篇中，流传最广、影响最大的，当属《茅屋为秋风所破歌》。说到杜甫，人们很自然会想到这首诗。杜甫忧国忧民的博大情怀和他对天下“寒士”的真切关爱，在这首诗中以朴素的语言、深挚的情感、磅礴的气势，被表达得撼人心魄。而杜甫草堂，也是因为这首诗名扬天下。很多人是读了这首诗，才知道杜甫在成都的住所是一间草房。

杜甫写这首诗，是在他住进草堂的第二年秋天。屋顶上的茅草，经历了将近两年的日晒雨淋，已经面目陈旧；固定茅草的绳索，也开始松断腐朽。那天黄昏，狂风呼啸而来，铺天盖地。草堂在风中摇晃，草堂屋顶被掀动，空中只见茅草飞扬，纷乱的茅草有的飞到树林中，挂在树梢上；有的落在河里随波漂流；有的茅草飞越小河，洒落在两岸。河对岸是一片竹林，在竹林中玩耍的孩子们叫着四散奔跑收拾起散落在竹枝和地上的茅草。杜甫站在门口，大声叫喊着，希望孩子们能把茅草送回来。然而没有人理会他，孩子们将茅草揽抱在怀里，转身消失在竹林中。这些茅草，他们要抱回家当柴烧。杜甫叫喊得喉咙嘶哑，一无所获，沮丧地回到草堂，只见屋顶已破损不堪，抬头竟能看到天上翻滚的乌云。很快，大雨倾盆而下，被狂风掀翻的屋顶，已经无法抵御雨水，屋外大雨，屋里小雨，草堂顿时成为一片水洼地，连床上的被褥也被淋湿。杜甫站在屋子中间，手持竹杖，无奈地看着四周，不知晚上如何入睡……他怨这茅草屋顶，无法抵御风雨的侵袭；天下，还有多少被狂风掀翻的屋顶？还有多少在风雨中流离失所、饥寒交迫的苦命人？杜甫焦灼，忧伤，悲愤，尽管浑身湿透，一筹莫展，但胸中却涌动着磅礴的诗情，一首悲凉激昂的诗，喷泻而成。这就是《茅屋为秋风所破歌》：

八月秋高风怒号，卷我屋上三重茅。

茅飞渡江洒江郊，高者挂罥长林梢，下者飘转沈塘坳。

南村群童欺我老无力，忍能对面为盗贼。

公然抱茅入竹去，唇焦口燥呼不得，归来倚杖自叹息。

俄顷风定云墨色，秋天漠漠向昏黑。

布衾多年冷似铁，骄儿恶卧踏里裂。

屋漏无干处，雨脚如麻未断绝。

自经丧乱少睡眠，长夜沾湿何由彻！

安得广厦千万间，大庇天下寒士俱欢颜，风雨不动安如山！

呜呼，何时眼前突兀见此屋，吾庐独破受冻死亦足！

这首诗，生动记事，激昂抒情，诗中狂风呼啸，茅草飞扬，屋漏窘困之中，杜甫并非怨天尤人，而是大声喊出心中的憧憬和希冀："安得广厦千万间，大庇天下寒士俱欢颜，风雨不动安如山！"最后两句，更让人感动，如果天下寒士都能安居乐业，"吾庐独破受冻死亦足"！这种心忧天下、舍己忘我的胸怀，是杜甫高尚人格的写照，也成为唐诗中的精神制高点。

江河万古流

杜甫曾以《可惜》为题写五律，阐述自己在草堂岁月的心态，他可惜什么呢？

《可惜》
花飞有底意，老去愿春迟。
可惜欢娱地，都非少壮时。
宽心应是酒，遣兴莫过诗。
此意陶潜解，吾生后汝期。

杜甫可惜什么？诗中的解答有些隐晦，但涵意还是明确的。他感叹自己过了少壮之年，感叹自己穷病交困，从前有过的济世之志，已经难以实现，所以可惜。怎么办呢，只能借酒浇愁，只能以诗抒怀。杜甫想到了陶渊明——陶渊明笔下的桃花源，比他的草堂更令人神往，他这番心情，也许只有陶潜可以理解，然而陶潜的时代已经离得很远。这首诗，流露出杜甫心里的失意和落寞。这样的心情，在另一首诗中表现得更具体，这首诗的题目就直点主题《百忧集行》：

忆年十五心尚孩，健如黄犊走复来。

庭前八月梨枣熟，一日上树能千回。
即今倏忽已五十，坐卧只多少行立。
强将笑语供主人，悲见生涯百忧集。
入门依旧四壁空，老妻睹我颜色同。
痴儿未知父子礼，叫怒索饭啼门东。

《百忧集行》中的忧思，和《可惜》中的失落，原因是一致的，是因岁月老去，因身体日衰，因家境贫寒。可见这样的心态,也是杜甫在草堂岁月中的一种常态。写《可惜》《百忧集行》的杜甫，和写《为农》《田舍》《江村》《春夜喜雨》的杜甫，似乎判若两人。其实都是诗人真实的心灵写照。江山可移,性格难改。杜甫深信孟夫子的“生于忧患,死于安乐”,怎可能安于在风花雪月中闲度生命？他的情绪和思想，常常处在难以厘清的矛盾之中。

草堂不是忘忧谷，草堂前的浣花溪也不是忘川。杜甫的悲天悯人和忧国忧民，并不会因为几天安逸宁静的生活而从他的性格里消失。曾经在他心里牵挂着的、担忧着的、怀念着的所有一切，其实仍然深藏在心，一有机会，这些情绪便会很自然地流露在他的诗篇中。《茅屋为秋风所破歌》，是最能表现杜甫博大情怀的代表作。杜甫常常以诗自画像，诗画中的主角，心怀着千丝万缕的忧思。

杜甫曾自称狂夫，并以此为题写七律《狂夫》：

万里桥西一草堂，百花潭水即沧浪。
风含翠筱娟娟静，雨裛红蕖冉冉香。
厚禄故人书断绝，恒饥稚子色凄凉。
欲填沟壑唯疏放，自笑狂夫老更狂。

草堂景色宜人，但杜甫的生活并非优裕富足；孤独和穷困，依然如影随形。《狂夫》的前面四句写草堂的胜景，后面四句笔锋一转，描述生活的窘境。杜甫在草堂，其实还是很寂寞的，“厚禄故人”都失去了联系，孩子们依然受到饥饿的威胁。这是杜甫当时生活状态的真实写照——置身自然，天籁做伴，日子却过得孤寂清苦。

另一首诗的自画像，题为《野老》：

野老篱前江岸回，柴门不正逐江开。
渔人网集澄潭下，贾客船随返照来。
长路关心悲剑阁，片云何意傍琴台。
王师未报收东郡，城阙秋生画角哀。

《野老》和《狂夫》异曲同工，也是杜甫草堂岁月的生态和心态的写照。此诗的前四句描述草堂傍晚的景象，杜甫站在柴门前，看江上渔人和客船在晚霞中纷纷归来；后四句很自然地引发了羁旅思乡、国破家恨之叹。对家乡的思念，对国家前途的忧虑，在杜甫的草堂诗中时有流露。天地间的景色，秋风落叶，雁飞南北，都会引动杜甫心中的悲凉情怀。春天大雁从南方飞来，杜甫仰望空中的雁阵，联想到国破兵乱，不知何时能了：

《归雁》
东来万里客，乱定几年归？
肠断江城雁，高高向北飞。

秋风送凉时，天上的雁群由北往南飞，杜甫又触景生情，想起国难未已，思念家乡亲人：

《悲秋》
凉风动万里，群盗尚纵横。
家远传书日，秋来为客情。
愁窥高鸟过，老逐众人行。
始欲投三峡，何由见两京。

家乡在杜甫的心中，并不是虚幻出的景象。这景象，是由手足同胞，由亲人的形象构成的。杜甫心里牵挂着他的兄弟姐妹，天高地远，兵荒马乱，音讯隔绝，亲人无法相见，只能在诗中抒发思念之情；在感觉自己体弱身衰时，这种思念就更为深切。

七律《恨别》，是怀念分别多年的弟弟。兵戈战乱，使兄弟分隔，天各一方。杜甫在诗中惦记着弟弟，又牵挂着战局的进展，希望王师早日收复中原，亲人可以相聚团圆：

《恨别》

洛城一别四千里，胡骑长驱五六年。
草木变衰行剑外，兵戈阻绝老江边。
思家步月清宵立，忆弟看云白日眠。
闻道河阳近乘胜，司徒急为破幽燕。

杜甫心存着和亲人团聚的希望，却又常常悲观哀叹，尤其在身衰疾病之时，对弟妹的思念更为急切：

《遣兴》

干戈犹未定，弟妹各何之。
拭泪沾襟血，梳头满面丝。
地卑荒野大，天远暮江迟。
衰疾那能久，应无见汝时。

站在草堂门口看风景，不同的心情，引发完全不同的联想。在这里，杜甫常常沉醉天籁，诗兴涌动，写出很多天人相契的优美篇章。然而国事的动乱不安和在草堂生活的贫病窘困，使他的诗笔很自然地变得凝重。对现实的担忧，对亲人的思念，对命运多舛的慨叹，情不自禁地又成为诗中的主旋律：

《野望》
西山白雪三城戍，南浦清江万里桥。
海内风尘诸弟隔，天涯涕泪一身遥。
唯将迟暮供多病，未有涓埃答圣朝。
跨马出郊时极目，不堪人事日萧条。

杜甫的忧思，不仅是对自己和亲人，也是对天下黎民百姓。在《茅屋为秋风所破歌》中，他写出了这种忧思，也喊出了心里的希冀。

杜甫不愧为一代诗歌巨匠，在草堂居住时，他从未停止对诗歌艺术的探索和思考。他的诗，不求新奇和怪异，总是用最浅近通俗的语言，传达挚切的情感，阐述深邃的思想。这是他的诗之所以能流传、被吟诵的重要原因。其实，杜甫对诗歌的形式一直有创新，他不囿于传统的格律，经常根据内容和情感的需要，打破陈规，出格创新。尽管隐居草堂，远离喧嚣，杜甫依然心怀天下，一直观察着诗坛的动向，思考诗歌创作的前途。当时，有一些自以为是的浅薄文人，嘲讽初唐的诗文大家，认为他们已经过时。杜甫不认同他们的看法，认为前人的成就不容否定，珍贵的传统不能随便丢弃。今人的创新，离不开对历史的传承。在草堂昏暗的烛光中，杜甫写出了《戏为六绝句》，成为光照千古的不朽诗论：

庾信文章老更成，凌云健笔意纵横。
今人嗤点流传赋，不觉前贤畏后生。

王杨卢骆当时体，轻薄为文哂未休。
尔曹身与名俱灭，不废江河万古流。

纵使卢王操翰墨，劣于汉魏近风骚。
龙文虎脊皆君驭，历块过都见尔曹。

才力应难夸数公，凡今谁是出群雄。
或看翡翠兰苕上，未掣鲸鱼碧海中。

不薄今人爱古人，清词丽句必为邻。
窃攀屈宋宜方驾，恐与齐梁作后尘。

未及前贤更勿疑，递相祖述复先谁。
别裁伪体亲风雅，转益多师是汝师。

友情日月长

草堂远离了世间的喧嚣，让杜甫有了休养生息的机会。杜甫在这里栽花种树，踏青访野，喝酒吟诗，颇有桃花源中人之感。然而杜甫还是有心事，一个人独酌沉思时，他想起了李白。

李白和杜甫的相遇和交往，被认为是中国文学史中最重要的一件大事。两位同时代的伟大诗人，互相碰撞出的耀眼火花，以及他们之间的友情，在中国诗坛被传颂了一千两百多年，至今还在被人津津乐道。闻一多在《杜甫》一文中曾这样评论李白和杜甫的相聚："我们四千年的历史里，除了孔子见老子，没有比这两人的会面，更重大，更神圣，更可纪念的。我们再逼紧我们的想象，譬如说，青天里太阳和月亮走碰了头，那么，尘世上不知要焚起多少香案，不知有多少人要望天遥拜，说是皇天的祥瑞。如今李白和杜甫——诗中的两曜，劈面走来了，我们看去，不比那天空的异端一样的神奇，一样有重大意义吗？"闻一多的评论很夸张，是诗人对诗人的评论。不过细想一下，这两位大诗人相遇，确实是千载难逢的事件。那时没有新闻媒体，不会对这样的相遇做任何报道，也没有人描绘他们见面的情景和交往的细节，后人只能通过两个人的相关诗作来想象。我读过很多种李白和杜甫的传记和评传，关于李、杜的交往的描述，多来自他们的诗歌。

李白和杜甫公元744年在洛阳相遇，其时李白四十四岁，杜甫三十三岁。两位大诗人都以赤子之心相待，一拍即合。他们结伴出游，诗酒会心。杜甫《与李十二白同寻范十隐居》中，有关于他们真挚友谊的描述："余亦东蒙客，怜君如弟兄。醉眠秋共被，携手日同行。"李、杜相处的时间极短，却互相倾慕、互相理解，并将文人间这种珍贵的友谊保持终身。"白也诗无敌，飘然思不群。""笔落惊风雨，诗成泣鬼神。"这是年轻的杜甫对李白的赞叹。"不愿论簪笏，悠悠沧海情。"这是诗人对诗艺和友情的见解。而李白没有因为年长于杜甫而摆架子，两人结伴同游齐鲁，陶醉于山水，分手后，互寄诗笺倾诉别情。李白诗曰："思君若汶水，浩荡寄南征。"杜甫也以诗抒怀："寂寞书斋里，终朝独尔思。""罢席惆怅月照席，几岁寄我空中书？"李、杜之间的友情一如高山流水，随他们的美妙诗句而绵延不绝。

杜甫在成都草堂定居时，李白正在长江沿岸漂泊流浪，他的病老之身，已难以承受跋山涉水的浪迹生涯。两个人已经分别十多年。在这之前，李白饱经挫折和磨难，甚至因错投了军队被流放，遭牢狱之灾，也被不明真相的人诟病。杜甫在草堂的那两年，正是李白生命的最后两年。战乱年代，信息不通，杜甫不知李白行踪，但他心里经常牵挂着他。当年分手时，李白曾赠杜甫这样的诗句:“相失各万里，茫然空尔思”(《秋日鲁郡尧祠亭上宴别杜补阙范侍御》)。此时，这诗句正是这两个好友之间的时空和精神的写照。公元 762 年，是杜甫到成都的第三年，李白病倒在安徽当涂，孤独无援，情景凄凉。李白感觉死神已在身边徘徊，写下了最后一首诗《临终歌》:“大鹏飞兮振八裔，中天摧兮力不济。余风激兮万世，游扶桑兮挂左袂。后人得之传此，仲尼亡兮谁为出涕。”

也许是两位大诗人心灵感应，那天在草堂，杜甫望着窗外的晚霞夕照，想起分别十多年天各一方的李白，提笔写了五律《不见》，诗题有注:“近无李白消息”。

不见李生久，佯狂真可哀。
世人皆欲杀，吾意独怜才。
敏捷诗千首，飘零酒一杯。
匡山读书处，头白好归来。

杜甫和李白，人虽不见，心却相通。杜甫在草堂过着平静安宁的生活，更思念漂泊流浪中的李白。李白在《临终歌》中感叹“仲尼亡兮谁为出涕”，其实是在为自己哀叹，哀叹知音稀缺。他不知道，这时，远在蜀中的杜甫，正在思念着他。“匡山读书处，头白好归来”，杜甫希望李白能回到蜀中故乡，这样他们可以再相聚欢叙。然而无人能阻挡死神的脚步，李白在当涂黯然归西，两位大诗人再无重逢的机会。让人欣慰的是，李、杜诗篇永恒不朽，诗中刻录了两个人心心相印的痕迹，人间的真挚友情，如日月行空，地久天长。

襟抱向谁开

杜甫在草堂，时时感受着人间友情的温暖。

一天，杜甫收到来自成都官府的一封信，信中是严武的七律《寄题杜拾遗锦江野亭》：

漫向江头把钓竿，懒眠沙草爱风湍。
莫倚善题鹦鹉赋，何须不著鵔鸃冠。
腹中书籍幽时晒，肘后医方静处看。
兴发会能驰骏马，应须直到使君滩。

严武是杜甫的老朋友，时任御史中丞兼成都尹，是四川的最高长官。他一上任，就以诗代简，表达了对杜甫的关心。严武比杜甫小十四岁，他钦佩杜甫的才华。在长安时，他们就志同道合，是政治上的盟友。尽管官职比杜甫高得多，但严武敬重杜甫，处处帮着杜甫。杜甫诗中有不少赠友的篇章，赠严武的诗有三十五首之多，是他一生中赠诗最多的朋友。严武一定也为杜甫写过很多诗，《全唐诗》中，只收入严武六首诗，其中三首是“寄题”“酬别”“见忆”杜甫的，两个人之间的深情厚谊，可见一斑。严武一到成都，就写了《寄题杜拾遗锦江野亭》送到草堂，表达了对老朋友的关心。他在诗中希望杜甫不要迷恋于垂钓懒眠、吟诗闲游的隐居生活，劝他出来做官，实践济世报国的理想。杜甫马上写了一首诗回复严武：

《奉酬严公寄题野亭之作》
拾遗曾奏数行书，懒性从来水竹居。
奉引滥骑沙苑马，幽栖真钓锦江鱼。
谢安不倦登临费，阮籍焉知礼法疏。
枉沐旌麾出城府，草茅无径欲教锄。

杜甫在这首诗中对严武的话题作了回答：我在朝廷做左拾遗时，确实很认真地向皇帝进言，却被贬斥流放。看来像我这种性情懒散之人，适宜在河畔竹林闲居。为朝廷做官我是不能胜任了，现在幽居闲钓是我真心喜欢的状态，并非摆架子。诗的后面四句，是邀请严武来草堂做客：如果你像谢安那样喜欢登临观景，那就请你赏光来草堂，不必计较我像阮籍那样不拘礼节。你出城前来做客时，我要请人锄草开路欢迎你。杜甫盼望见到严武的迫切心情，溢于言表。

夏日的一天上午，草堂前忽然热闹起来，一小队人马从远处过来，引起四邻八舍的注意，很多人过来看热闹。人马簇拥的访客正是严武，从城府到草堂，路不近，沿途花树繁茂，能和老朋友相聚，严武心情很好。尽管他身居高位，但来草堂，完全是知心好友间的私访。两人相见，把酒畅饮，说不完的心里话。严武又提起向朝廷举荐他重新出山的话题，杜甫再一次婉言谢绝。杜甫在七律《严中丞枉驾见过》中叙写了严武对草堂的这次访问：

元戎小队出郊坰，问柳寻花到野亭。
川合东西瞻使节，地分南北任流萍。
扁舟不独如张翰，白帽还应似管宁。
寂寞江天云雾里，何人道有少微星。

这首诗，描述了严武来访的情景，也表达了杜甫婉拒严武要自己出任官职的好意。严武劝杜甫重新出山，并非一厢情愿，他了解杜甫，知道杜甫一直忧国忧民，满怀济世报国的理想。而且，杜甫赋闲在草堂，没有俸禄，生计也是问题。严武是想帮助他。殊不知，历尽颠沛流离、尝尽人间苦难的杜甫，心绪已经大为改变。在草堂定居后，闲适的田园生活，美妙的自然风光，纯朴的邻居乡亲，安抚着他疲惫的身心，他不想再回到尔虞我诈的官场中去。他在诗中以两个历史人物自比，一个是东汉时为思念家乡的莼菜和鲈鱼而辞官的张翰，“莼鲈之思”，已成为思乡归隐的典故，另一个是三国时不肯做官的隐士管宁。

严武是杜甫的知音，他理解杜甫，不再坚持，只能以其他方式帮助接济老朋友。他常常给杜甫送钱送物，并关照地方官员保护善待这位隐居的大诗人。严武不止一次到草堂来看望杜甫，有时还带着酒菜来，和杜甫一起在草堂畅饮抒怀。杜甫诗中有记：

《严公仲夏枉驾草堂兼携酒馔，得寒字》
竹里行厨洗玉盘，花边立马簇金鞍。
非关使者征求急，自识将军礼数宽。
百年地辟柴门迥，五月江深草阁寒。
看弄渔舟移白日，老农何有罄交欢。

此诗洋溢着温馨和谐的气氛。严武来访，并无急事征求，只为访友叙情。听着门外风吹竹林的低吟，看着江上日照渔舟的光影，两个人举杯对酌，肺腑相照，言无不尽。严武的来访，给杜甫带来的是安慰和喜悦。严武还把杜甫请到官府，设宴招待，一起饮酒赋诗，杜甫也有诗描绘：

《严公厅宴同咏蜀道画图，得空字》
日临公馆静，画满地图雄。

剑阁星桥北，松州雪岭东。
华夷山不断，吴蜀水相通。
兴与烟霞会，清樽幸不空。

严武知道杜甫爱喝酒，一次去青城山，在一个道观得到两瓶乳酒，他喝过觉得醇香可口，马上想到了爱喝酒的杜甫，便派人专程把剩下的一瓶乳酒送到草堂。酒虽非名贵，但礼轻情重，杜甫开瓶斟酒，一边喝，一边吟出七绝《谢严中丞送青城山道士乳酒一瓶》：

山瓶乳酒下青云，气味浓香幸见分。
鸣鞭走送怜渔父，洗盏开尝对马军。

公元 762 年，严武奉诏入京。离开成都时，杜甫和严武难分难舍，写《奉送严公入朝十韵》表达心意。杜甫送严武，一路互相作诗相赠，一直送到三百里外的锦州，又写《送严侍郎至绵州，同登杜使君江楼宴，得心字》；仍难以分舍，又送到锦州外三十余里的奉济驿，才挥泪分别。临分手，杜甫含泪写《奉济驿重送严公四韵》：

远送从此别，青山空复情。
几时杯重把，昨夜月同行。

列郡讴歌惜，三朝出入荣。

江村独归处，寂寞养残生。

这首诗，是杜甫送别诗中特别感人的一首，写得情深意挚，苍凉凄楚。古人有这样的评论："上半叙送别，已觉声嘶喉哽。下半说到别后情事，彼此悬绝，真欲放声大哭。送别诗至此，使人不忍再读。"

严武离开成都之后，成都发生战乱，杜甫不得不离开生活了两年多的草堂，又开始过流浪不定的避乱生活。他在梓州、阆州一带寓居了一年半，其间朝廷人事更替，叛乱平息，杜甫的一些被贬的朋友相继被起用。更令杜甫喜出望外的是，严武又回来了。公元 764 年初春，严武率兵西征，击败进犯的吐蕃，收复失地，以剑南、东西两川节度使的高职重新镇蜀。杜甫得知严武归来的消息，写诗表达了他的满心喜悦：

《奉待严大夫》

殊方又喜故人来，重镇还须济世才。

常怪偏裨终日待，不知旌节隔年回。

欲辞巴徼啼莺合，远下荆门去鹢催。

身老时危思会面，一生襟抱向谁开。

杜甫此时的心情，岂止是欣喜，而是有点狂喜了。"身老时危思会面，一生襟抱向谁开”，严武是最了解他、理解他的人，杜甫愿意向这位知音敞开心怀。这时，杜甫已没有了隐士的清高和矜持，他又动了为解国难出力的心念。流浪的生活可以结束了，杜甫打点行装，直奔成都，分别了一年半的草堂，时时在他的梦魂牵绕之中。在回成都草堂的路上，杜甫诗兴大发，写了五首诗寄给严武（《将赴成都草堂途中有作先寄严郑公五首》），诗中怀念草堂，“锦官城西生事微，乌皮几在还思归。”“竹寒沙碧浣花溪，菱刺藤梢咫尺迷。”回到草堂，杜甫写了长诗《草堂》，描绘久违的草堂景象和归来后受到欢迎的盛况:“入门四松在，步屧万竹疏。旧犬喜我归，低徊入衣裾。邻舍喜我归，酤酒携胡芦。大官喜我来，遣骑问所须。城郭喜我来，宾客隘村墟。”杜甫眼里看到一切——松、竹、犬、人，都在欢迎他归来，邻居为他摆酒设宴，官府派人来嘘寒问暖，城里拥来迎接他的人流堵塞了道路……眼见自己没有被人淡忘，杜甫感觉很好，在此诗的结尾处发出感慨:“飘摇风尘际，何地置老夫。于时见疣赘，骨髓幸未枯。”杜甫回成都后，严武再次请杜甫出山，这次杜甫没有拒绝。公元 764 年 6 月，严武上表举荐杜甫为节度参谋、检校工部员外郎，赐绯鱼袋。这是杜甫一生中最高的官职，他被后人称为“杜工部”，便缘于此。于是杜甫离开了草堂，搬进了成都的官府。官场的生活，杜甫其实已经不习惯。他领薪受命，为严武出谋划策，出席各种官场的应酬，也陪严武游山玩水、赋诗酬唱，但心里更怀念草堂自由散淡的生活。杜甫不断在诗中表达辞幕归隐的心思:“仰羡黄昏鸟，投林羽翮轻”(《独坐》);“暂酬知己分，还入故林栖”(《到村》);“主将归调鼎，吾还访旧丘”(《立秋雨院中有作》)。杜甫的辞呈终于被严武接受，他搬出官府，又回到草堂。这次生活的跌宕变故，使杜甫对自己有了更清醒的认识，现实和理想的差距实在太巨大,要想有所作为,陈规陋习处处羁绊,寸步难行,昏庸糊涂度日,实在无聊苦闷。在朝心绪烦乱,无官一身轻松,还是草堂的生活更适合自己。回到草堂后，杜甫写诗寄给严武，表达了对老朋友的思念:

《弊庐遣兴，奉寄严公》
野水平桥路，春沙映竹村。
风轻粉蝶喜，花暖蜜蜂喧。
把酒宜深酌，题诗好细论。
府中瞻暇日，江上忆词源。
迹忝朝廷旧，情依节制尊。
还思长者辙，恐避席为门。

在这首诗中，杜甫还期盼严武再访草堂，和他一起把酒论诗，重温友情。然而两个老朋友分别不久，四十岁的严武竟猝然辞世。杜甫得知噩耗，痛惜不已。多年的交往，多少回雪中送炭，多少次嘘寒问暖，一切都历历在目，那些情意深长的诗篇，犹在耳畔回旋。然而曲终台空，天人永隔，杜甫真有天地失色的感觉。杜甫和严武交往时，一直认为自己老病无力，离死神不远，而严武英年有为，来日方长。人生的无常和残酷，令人唏嘘。严武去世后，护送灵柩顺江东下的，是他悲伤欲绝的老母亲。杜甫无法送别老友，只能以诗倾诉哀思，诗题为《哭严仆射归榇》：

素幔随流水，归舟返旧京。
老亲如宿昔，部曲异平生。
风送蛟龙雨，天长骠骑营。
一哀三峡暮，遗后见君情。

杜甫在后来写的《八哀诗》中，有一首《赠左仆射郑国公严公武》，杜甫以这首五言长诗为严武立传，记叙了他的生平事迹，刻画了他的性格，也表彰了他的功绩。诗中有这样的句子："颜回竟短折，贾谊徒忠贞。""诸葛蜀人爱，文翁儒化成。公来雪山重，公去雪山轻。"杜甫把严武的英年早逝，比作颜回和贾谊的早卒，把严武比作他倾心敬佩的诸葛亮。严武对杜甫恩重如山，杜甫难以忘怀。此诗的最后两句，"空馀老宾客，身上愧簪缨"，写出严武去世后杜甫心中无限的伤感和寂寞。失去了严武的成都，不再是杜甫可以久居的福地。

严武去世，是公元 765 年 4 月。一个月后，杜甫告别草堂，离开成都，开始了他生命中最后五年的流浪生活。

天地留旧宅

杜甫离开成都后，草堂成为一座空宅。然而人人都知道这里住过一位大诗人，而且草堂宅园的设计风雅别致，周围的景色如画，仍是很多人心中的神往之地。杜甫离蜀第二年，崔宁被任命为剑南西川节度使。崔宁到任后，纳任氏为妾，而这位任氏，本是家住浣花溪畔的民家女子，也算是杜甫草堂的邻居。任氏以前也许曾到过杜甫草堂，非常喜欢这里的环境，当上了节度使夫人后，她设法将草堂据为自己的宅邸，并在里面大兴土木，整修扩建，把简朴的草堂装潢得富丽堂皇。崔宁常常在这里宴请宾客，来这里的宾客，都以能一睹杜甫故居为幸。任氏后来放弃了这个宅园，将它送给了寺庙，并在这里修建了梵安寺，又称草堂寺。这位任氏，也是一位巾帼女杰，几年后率民众抗击叛军，免遭生灵涂炭，保卫了成都。后人为纪念她，在草堂寺中为她立祠，名为浣花祠。今天的杜甫草堂中，浣花祠犹在。不过，在人们的心目中，这里还是杜甫旧宅。

公元 827 年，成都诗人雍陶经过杜甫草堂，写《经杜甫旧宅》，描绘了草堂的景象：

浣花溪里花多处，为忆先生在蜀时。
万古只应留旧宅，千金无复换新诗。
沙崩水槛鸥飞尽，树压村桥马过迟。
山月不知人事变，夜来江上与谁期？

雍陶写这首诗时，杜甫已告别草堂六十二年。这里人去屋毁，水槛崩塌，树木颓倒，一派荒凉，当年的美景已不复存在。雍陶在诗中表达了无数人的心声——“万古只应留旧宅”，杜甫草堂，应该保留下来。然而在那个时代，谁有能力来做这件事呢？此后将近百年，荒凉在这里继续蔓延。

杜甫草堂的第一次修复，是晚唐诗人韦庄的功绩。那时，离杜甫辞草堂，过去了一百四十六年，草堂已经无迹可寻。公元 901 年，韦庄任职四川，后应西川节度使王建之聘为西蜀奏记,在成都定居。韦庄沿浣花溪考察,寻得杜甫草堂旧址，命人在这里建造一间茅屋，“诛茅重作草堂”，他还将自己的诗集命名为《浣花集》，纪念杜甫。韦庄去世后，他所建造的茅屋仍被保存，成为公认的杜甫草堂遗址。全国各地的文人墨客，如来成都，都要来这里寻访诗圣足迹，感受草堂诗篇的意境，表达对杜甫的敬慕。杜甫草堂被确认，并成为文学的圣地流传至今，韦庄功不可没。“万古只应留旧宅”，不再是一句空话。

韦庄重建草堂之后将近两百年间，不断有人前来寻访杜甫足迹。人们可以看到浣花溪畔的杜甫草堂遗址上有一间草房。风雨使之歪斜倾塌，但总有人将它重新整修好。晚唐和北宋的不少诗词和地方掌故典籍中，都对杜甫草堂遗址有描述。北宋诗人赵抃曾长期在成都为官，他曾以《题杜子美书室》为题作诗，诗中写道："茅屋一间遗像在，有谁于世是知音。"赵抃写这首诗时，已是杜甫辞别草堂三百年之后。公元1078年，吕大防出镇成都。吕大防崇拜杜甫，到成都后，即去寻访草堂故居。在浣花溪畔，找到了梵安寺，但已不见茅屋，只见"松竹荒凉"。吕大防在草堂遗址重建了草堂，并请画家在墙壁上画了杜甫的像，供人瞻仰。这使杜甫草堂有了纪念性祠宇的雏形。十多年后，胡宗愈任成都知府，他赞赏前任重建杜甫草堂的举动，并有进一步举措：扩大草堂的范围，并命人将杜甫的草堂诗篇勒刻于石，形成诗碑，陈列在草堂宅园中。北宋这两位官员对杜甫草堂的贡献，应载入史册，杜甫草堂能流传后世，成为一个文学圣地，是他们两位打下了基础。此后，杜甫草堂虽屡有废兴，但这里成为杜甫的一个最重要的纪念地，已被世人公认，再无法更改。

北宋诗人黄庭坚，是杜甫的崇拜者，他曾贬官入蜀，在四川住了六年。他以自己的才华和影响，竭力推崇杜甫。黄庭坚是宋代大书法家，据说他手书杜甫在四川创作的全部诗作，刻石为碑，陈列在杜甫草堂。但今天的杜甫草堂中并没有黄庭坚的书法杜诗碑。其实，这是误传，黄庭坚是被贬官至戎州，他手书杜诗刻碑建堂，不是在成都杜甫草堂，而是在戎州。然而可以肯定，黄庭坚一定来寻访过杜甫草堂，他熟读杜甫的草堂诗篇，对杜甫的草堂生活了如指掌。而到草堂遗址实地探访，让他百感交集，前贤身影，如在眼前。寻访草堂遗址后，黄庭坚写了《老杜浣花溪图引》，诗中对杜甫的草堂生活作了生动描绘：

拾遗流落锦官城，故人作尹眼为青。
碧鸡坊西结茅屋，百花潭水濯冠缨。
故衣未补新衣绽，空蟠胸中书万卷。
探道欲度羲皇前，论诗未觉国风远。
干戈峥嵘暗宇县，杜陵韦曲无鸡犬。
老妻稚子且眼前，弟妹飘零不相见。
此公乐易真可人，园翁溪友肯卜邻。
邻家有酒邀皆去，得意鱼鸟来相亲。
浣花酒船散车骑，野墙无主看桃李。
宗文守家宗武扶，落日蹇驴驮醉起。
愿闻解鞍脱兜鍪，老儒不用千户侯。
中原未得平安报，醉里眉攒万国愁。
生绡铺墙粉墨落，平生忠义今寂寞。
儿呼不苏驴失脚，犹恐醒来有新作。

常使诗人拜画图，煎胶续弦千古无。

南宋初，杜甫草堂因无人管理，屋颓园荒，又开始变得荒凉。公元 1139 年，吏部尚书张焘任成都知府兼安抚使，张焘到成都后，即来杜甫草堂拜谒，只见荒草杂长，屋宇颓败，墙上的杜甫画像斑驳不清，四周的诗碑也已破损毁坏。草堂败落的景象，使张焘愤懑，作为地方长官，他也感到自愧。从草堂回来，张焘决定马上重修草堂。这次重修，不是小修小补，而是大兴土木，重起炉灶，不仅把草堂整修一新，还新建了亭台，新种了竹子和松柏；更大的动作，是“断石为碑”，将杜甫的一千四百多首诗刻在二十六块大石碑上，置陈于草堂四周。这次工程，花了四个月时间，“虑工一千五百，计泉（钱）八万有奇”。这次重修，使杜甫草堂面貌一新，具备了纪念性祠宇的规模。三十年之后，陆游访问杜甫草堂。站在杜甫的画像前，陆游感觉自己和诗圣心心相印，遂写《草堂拜少陵遗像》：

清江抱孤村，杜子昔所馆。
虚堂尘不扫，小径门可款。
公诗岂纸上，遗句处处满。
人皆欲拾取，志大才苦短。
计公客此时，一饱得亦罕。

厄穷端有自，宁独坐房琯。
至今壁间像，朱绶意萧散。
长安貂蝉多，死去谁复算。

宋代之后，杜甫草堂一直受到重视，并逐渐成为一个重要的文化书院。公元 1251 年，元人纽璘入蜀，为成都最高地方长官。他倡议在草堂建立书院，并为杜甫请谥“文贞”封号。杜甫草堂在这一时期又得到整修扩展。元代的大书法家赵孟頫曾来寻访杜甫草堂，并留下诗句:“浣花溪上草堂存，会见能诗几代孙”。可见杜甫草堂当时深入人心，已是成都重要的人文风景。

明代二百七十多年间，杜甫草堂多次被毁，又多次重建。“草堂不可终废”，成为代代相传的共识。公元 1500 年，钟蕃和姚祥执掌四川军政大权，他们合力倡议并主持重修草堂，扩大了园林，新建了屋宇，重立了书院，从此奠定杜甫草堂的建筑群分布和风格。之后,草堂不断得到维修和扩展,建馆，盖亭，造桥，刻碑，开园，植树，“辟廊庑，起甍栋，引流为池，易甃以石”,杜甫草堂,逐渐被扩展成一个颇具规模的建筑园林。

明末，张献忠的农民起义军打到成都，一把大火烧毁了杜甫草堂。清康熙九年（公元 1670 年），川湖总督蔡毓荣到成都，在草堂寺侧找到了被毁的草堂遗址，只见“草披荆，以入荒地，断碑犹存焉”，即与四川布政使金俊、成都知府冀应熊商议重建，并很快付诸实施。重建过程中挖出杜甫遗像断碑，碑上的杜甫像“全躯俱存，一尘不染”，命工临摹重刻。原刻杜甫像和临摹石碑，今天仍陈列在杜甫草堂。雍正十二年（公元 1734 年），康熙皇帝的第十七子果亲王到成都，拜谒草堂，以楷书题“少陵草堂”并刻石立碑，保存至今。乾隆三十七年(公元 1772 年)春，杜甫后裔杜玉林入川主持邮政，多次勘察草堂，并建议重修草堂，还“贮银二千两于成都府署”，用于草堂维修。之后一百多年中，草堂又经过多次扩大重修。1793 年，四川总督福康安曾入住草堂，亲自布置装修草堂，并命人绘“少陵草堂图”，将当时草堂园林建筑布局清晰绘出，刻石于壁。嘉庆十六年（公元 1811 年），四川总督常明和布政使方积发起重修草堂的活动，对草堂进行了规模较大的修缮，并在工部祠塑陆游像配祀杜甫。光绪十年（公元 1884 年），四川总督丁宝桢推行每年春秋两季在草堂举行拜祭杜甫的仪式，并创立杜祠基金，为祭祀专用。在工部祠中，又添黄庭坚塑像。这样，祠内三尊塑像，正中为杜甫，黄庭坚和陆游分列两旁。这样的格局，一直保存到现在。让宋代的黄庭坚和陆游来陪伴杜甫，是因为这两位诗人都崇敬热爱杜甫，虽隔了一个时代，却都是杜甫的知音。杜甫若地下有知，定会欢迎这两位后世知音的陪伴。

民国时期，军阀割据，战乱不断。草堂几经危难，呈颓坏之势，虽有几次民间出资的修缮，但一直风雨飘摇。有一段时间，草堂被军队占用，成为军队驻地，禁止游人进入。杜甫草堂变成兵营，实在是莫大的讽刺。住进草堂的兵士，对草堂的建筑大肆破坏，拆门窗，卸匾额，毁廊柱，砍树木，只要是能燃烧生火的，都被他们当作柴薪烧水、做饭、取暖；草堂里火光熊熊，斯文扫地。可怜杜甫的塑像竟失去了屋顶的遮蔽，暴露在风雨中。隔壁草堂寺的僧人眼见不忍，用斗笠覆盖塑像，使杜甫塑像免遭风雨侵袭。近人曾延年曾写《成都草堂》记当时景象：

茅屋秋风昔所哀，草堂今只见蒿莱。
洗兵梦觉人何处，遗像尘封迹已灰。

新中国成立后，杜甫草堂得到保护和全面修整。1954 年，成都市政府筹建杜甫纪念馆，1955 年正式开放。此后数十年，杜甫草堂不断得到维护和修葺，破屋重建，旧房翻新，河塘清疏，花树再植，成为名扬天下的历史文化名胜之地。1961 年，杜甫草堂被国务院公布为首批全国重点文物保护单位。在现代中国人的心目中，这里依然是诗歌和文学的圣地，成都人珍视它、爱护它，也用心保护它。即便是在“文革”中，杜甫草堂也没有被破坏，成都人用智慧和勇气，保护了这片有灵性的文学圣地。“文革”结束之后，杜甫草堂迎来了风和日丽的时代。这里不仅是诗圣杜甫的纪念之地，也成了一个内容极其丰富的历史文化博物馆。1985 年，“杜甫纪念馆”更名为“杜甫草堂博物馆”。浣花溪畔，这个历尽千年沧桑的诗人博物馆，吸引了海内外的文学爱好者，成为成都的一个举世闻名的文化坐标。

1997 年，经过精心设计，草堂重建了杜甫茅屋。茅屋的位置、形态，周边的花草树木，全都设之有据，这些根据，来自杜甫的草堂诗篇，这是最真实也是最权威的根据。杜甫茅屋建成三年之后，在草堂园内发现了两处唐代遗迹，一处在正门西侧，为唐代石灰坑；另一处在工部祠北面，为唐代民宅遗址。唐代民宅遗址中，有房舍、水井、灶坑，很清晰地展示了当时农舍的结构和生活的场景。这使重建的杜甫茅屋在现代人的眼中更为真实可信。2004 年，在唐代遗迹的考古发掘原址上，建成杜甫草堂唐代遗址陈列馆。在通体透亮的现代化大展厅中，地下的唐代乡村民宅遗址清晰地展现在人们的视线中，从残存的柱桩、墙基、井台、牲圈和院落中，可以想象杜甫时代的乡村生活。这被发现的遗址，也许是杜甫的“北邻”或“南邻”，也许是曾经让杜甫流连忘返的黄四娘家，是“邀我尝春酒”的“田夫”之宅，是送来樱桃、“相赠满筠笼”的“野人”之家，都有可能，读着杜甫的草堂诗篇，任你想象吧。

2023 年 1 月 27 日，改定于四步斋

庾信文章老更成凌雲健筆意縱橫今人嗤點流傳賦不覺前賢畏後生

壬辰六月 趙麗宏

王楊盧駱當時體輕薄
為文哂未休爾曹身與
名俱滅不廢江河萬
古流

杜甫身在草堂也懷天
下此詩氣派至今令人驚
嘆不已 壬辰五月 趙藏宏

庾信文章更老成，淩雲健筆意縱橫。今人嗤點流傳賦，不覺前賢畏後生。

壬辰六月 趙麗宏

王楊盧駱當時體輕薄
爲文哂未休爾曹身與
名俱滅不廢江河萬
古流

杜甫身在草堂心懷天
下此詩氣派至今令人驚
嘆不已 壬辰五月 趙麗宏

望江楼畔觅诗魂

我四十多年前来成都，到过望江楼。那时来望江楼，就是为了寻访女诗人薛涛的足迹，来凭吊一个一千多年前的美丽诗魂。薛涛是唐代女诗人中成就最高，存诗最多，生活经历也最丰富的一位。因为她特殊的身世和经历，古今文人中，有人尊称她为“女校书”“女才子”，也有人称她为“文妖”。她的诗却千百年来在民间流传，伴随着她的凄美动人的故事。她的名字，和成都这座千年古城密不可分地结合在了一起，她是成都的精灵，是成都的魂魄，是成都兴衰荣辱的见证。她游荡在历史的梦魂里，也长生在现实的喧嚷中。薛涛作为诗人的成就和影响，也许无法和草堂中的诗圣杜甫相提并论，然而一个社会下层的女子，以自己的智慧、才华和勇气，以自己独创一格的气派，让后来者衷心钦敬。在中国古代的女诗人中，除了李清照，没有人能和薛涛比肩。

清代诗人伍生辉曾写过一副对联：“古井冷斜阳，问几树枇杷，何处是校书门巷？大江横曲槛，占一楼烟月，要平分工部草堂。”这副对联，将薛涛和杜甫并列，将这位女诗人提高到诗圣的地位。

另一位清代诗人王再咸曾写《成都竹枝词》：“昭烈祠前栋宇新，校书坟畔碧桃春。江山莫谓全无主，半属英雄半美人。”这诗虽有点开玩笑的意思,但说出了世人对薛涛的看重，在成都这个人文荟萃之地，最被人看重的，一位是昭烈祠里供着的蜀帝刘备，另一位，就是被葬在望江楼畔的女诗人薛涛。

伍生辉和王再咸的对联和诗，说的是真心话。到成都，不到望江楼，不来凭吊一下这位风华绝代的女诗人，也是枉来了成都。现在的望江楼公园门口，有一副长对：“少陵茅屋，诸葛祠堂，并此鼎足而三；饰崇丽，荡漪澜，系客垂杨歌小雅。元相诗篇，韦公奏牍，总是关心则一；思贤才，哀窈窕，美人香草续离骚。”这副长对，将望江楼和杜甫草堂、武侯祠并列，薛涛和杜甫、诸葛亮，“鼎足而三”，组成了成都古城最耀眼的历史人文景观。

望江楼畔，锦江清流依然，崇丽阁、薛涛井、薛涛墓，景象如昔。望江楼公园里多了薛涛纪念馆，多了几尊用汉白玉雕的薛涛像，现代雕塑家想象中的薛涛，表情沉静，姿态优雅，伫立在修竹丛中，凝望着络绎不绝的访客，想着她永远也无法被人破解的心事。在望江楼畔徜徉遐想，我试图再一次寻找她留在这里的足迹。

管领春风女校书

薛涛是怎样的一位诗人？她曾经走过怎样的人生旅程？这是很多人都感兴趣的，似乎有点朦胧，也有点神秘。我翻阅过很多史料，想从中探寻她飘忽的足迹。薛涛的身世，众说纷纭，史书中并无详尽记载。

《全唐诗》这样介绍她："薛涛，字洪度。本长安良家女，随父宦，流落蜀中，遂入乐籍。辨慧工诗，有林下风致。韦皋镇蜀，召令侍酒赋诗，称为女校书。出入幕府，历事十一镇，皆以诗受知，暮年屏居浣花溪。著女冠服。好制松花小笺，时号薛涛笺。"

对薛涛的身世说得比较全面的，是元代的费著，他在《笺纸谱》中这样记载："薛涛本长安良家女，父郧，因官寓蜀而卒，母孀，养涛及笄，以诗闻外，又能扫眉涂粉，与士族不侔，客有窃与之宴语。时韦中令皋镇蜀，召令侍酒赋诗，僚佐多士，为之改观。期岁，中令议以校书郎奏请之，护军曰：不可，遂止。涛出入幕府，自皋至李德裕，凡事十一镇，皆以诗受知。其间与涛唱和者，元稹、白居易、牛僧儒、令狐楚、裴度、严绶、张籍、杜牧、刘禹锡、吴武陵、张祜，余皆名士，记载凡二十人，竞有唱和。涛侨止百花潭，躬撰深红小彩笺，裁书供吟，献酬贤杰，时谓之薛涛笺。晚岁居碧鸡坊，创吟诗楼，偃息于上。后段文昌再镇成都，大和岁，涛卒，年七十三，文昌为撰墓志。”

北宋叶廷珪在《海录碎事》中有《薛校书》篇，写得更短：“薛涛，妓人也。有学，善属文。韦皋欲奏以校书，护军从事以为不可，遂止。至今呼薛校书。”

前蜀景焕在《牧竖闲谈》中这样介绍薛涛：“元和中，成都乐籍薛涛者，善篇章，足辞辩，虽无风讽教化之旨，亦有题花咏月之才，当时营妓中尤物也。”后蜀何光远这样议论薛涛：“吴越饶营妓，燕赵多美姝，宋产歌姬，蜀出才妇。薛涛者，容姿既丽，才调尤佳，言谑之间，立有酬对。大凡营妓，比无校书之称，自韦南康（韦皋）镇成都日，欲奏而罢，至今呼之。……涛每承连帅宠念，或相唱和，出入车舆，诗达四方，名驰上国。应衔命使车每届蜀，求见涛者甚众，而涛性亦狂逸，所遗金帛，往往上纳。”

这些简单的介绍，当然无法展示薛涛曲折坎坷而又丰富多彩的一生。但后人还是可以根据古人这些文字，对薛涛的身世以及她的生活情状有一个大概的了解。关于她的身世和故事，民间有很多流传。其实，后人对薛涛身世的解读，有一个更为可靠的来源，那就是薛涛自己写的诗。

薛涛出身并非王公贵族，亦非高官巨贾，他的父亲薛郧，是个读书人，到蜀中做小官，把薛涛带到了成都。据说，薛涛从小便显露出诗人才华，八岁时，她听到她父亲指着花园里的梧桐吟诗“庭除一古桐，耸干入云中”，随口便接了两句：“枝迎南北鸟，叶送往来风。”薛涛父亲大惊，一是为女儿的才华，二是觉得这两句诗含义不祥，认为女儿日后可能会成为青楼乐伎，不料一语成谶。薛涛幼年丧父，家道中落，寡居的母亲带着女儿辛苦度日。薛涛十五岁时，她的美貌和才华便已闻名成都。当时的西川节度使韦皋把薛涛请到府中，听她赋诗吟唱，被她的才华折服。这就是薛涛“入乐籍”的开始。

所谓“乐籍”，被后人作很多种解读，歌伎、乐妓、官妓、营妓、妓人，不一而足，但都不是高雅有地位的身份。所以传说中的薛涛，属于青楼女子，也就是妓女。以现代人的观念和眼光，那实在是低微卑下的职业，不是良家女子所为。然而，薛涛的实际作为，绝非世俗观念中的妓女，她在官府中侍宴陪酒，和官僚文人们一起吟诗唱和，展示才情而不卖身，是一个风雅的行当。她的名声，并非美色，而是才情，是她作为诗人的成就。那些达官贵人，和她聚会时，是把她看作一个名诗人，心怀敬佩。如《全唐诗》对她的介绍：“出入幕府，历事十一镇，皆以诗受知。”这样的职业，本为取乐官僚，但薛涛的才华，使所有和她酬唱的人衷心折服，面对这位出口成诗的女才子，他们很自然地抑制了轻薄之心，对她更多地表示出尊重甚至钦敬。这样的交往，在精神上应该是平等的。韦皋觉得薛涛只是一个“乐籍”女子，是亏待了她，所以报请朝廷，授薛涛为“校书郎”。校书郎不是一个有权势的官职，只是一个文职虚衔，但在薛涛之前，中国还未曾有过女校书。据古书记载,韦皋的申报,最后遭到朝廷否决，这也许是因为薛涛已“入乐籍”，说到底，还是男尊女卑的偏见。薛涛的“校书郎”一职虽未被朝廷批准，但从此人人都称她为“薛校书”。还有一种说法，认为朝廷否决韦皋奏章的说法不可信，西川节度使，有权任命校书郎，韦皋的奏章，只是备报，向朝廷打个招呼而已。所以薛涛的“校书”头衔，并非虚无，而是有名有实的。薛涛辞世时，时任西川节度使的段文昌为她撰写墓志，也尊称她为薛校书。

我以为，现在再考证校书的真伪，没有什么意义，薛涛是否有官家的头衔，是“乐籍”还是“官妓”，其实并不重要，重要的是她生前的作为如何，是她究竟为世人留下了什么。

薛涛在成都生活数十年，当地的最高长官西川节度使走马灯似的换了十几个，而每一任新节度使，都是上任前就闻知薛涛名声，到成都后宴请时必定请薛涛到场，和她酬唱应和，赋诗作对。在他们看来，和薛涛交往，是一件高尚风雅的事情。薛涛的名字，和诗赋才情连在一起，和风花雪月连在一起，和智慧幽默连在一起。薛涛的机敏多才，有不少有趣的传说。一次，新任西川节度使高骈到成都，大宴宾客，薛涛也被请来作陪。高骈也早听说薛涛才智过人，很想亲自见识一下。席间，高骈出了一个字音令，以字形比喻与字本意无关的他物。高骈说了上句“口似没梁斗”，口字，如一个没有把手的残破的斗；坐在旁边的薛涛不假思索，就对出了下句“川如三条椽”，川字，如房顶上的三根木椽子。陪伴左右的人都叫好。可高骈随即发难，他问薛涛:“这三根椽子中，有一根是弯的，这是怎么回事？”热闹的厅堂里，顿时一片肃静，所有人都为薛涛捏一把汗。薛涛微微一笑，答道:“相公贵为西川节度使，尚且用一个无梁破斗，陪伴你喝酒的穷苦之人，家中屋顶上有一根弯曲的椽子，这有什么可奇怪的呢？”高骈哈哈大笑，在座的所有人都叹服薛涛的敏捷机智。

薛涛也曾经历过坎坷，据传她因为得罪了韦皋，被发配到偏僻的松州。这样的发配，对一个诗人来说，是人生的磨难，却也因此而开拓了眼界和胸襟。她游历名山大川，考察边地民情，诗风也因之而平添雄浑厚重之气。薛涛晚年隐居在浣花溪畔，栽竹种花，吟诗作画，制作由她独创的彩色笺纸，也就是名传天下的薛涛笺。

薛涛的地位，因她的诗名而显赫。她虽生活在成都，却“诗达四方，名驰上国”。不仅成都的地方官员们和她对诗酬唱，全国各地的很多诗人也慕名和她交往，有的当面和她一起把酒歌吟，有的鱼雁传书和她交流诗艺。“与涛唱和者，元稹、白居易、牛僧士、令狐楚、裴度、严绶、张籍、杜牧、刘禹锡、吴武陵、张祜，余皆名士，记载凡二十人，竞有唱和。”与薛涛唱和者的这份名单，如诗坛群星谱，和薛涛同时代的大诗人，几乎都蜂拥而来。我相信，这个名单中，一定还遗漏了很多人。

看看这些诗人在给薛涛的诗中写了些什么吧。

元稹有《寄赠薛涛》：

锦江滑腻峨眉秀，幻出文君与薛涛。
言语巧偷鹦鹉舌，文章分得凤凰毛。
纷纷词客多停笔，个个公侯欲梦刀。
别后相思隔烟水，菖蒲花发五云高。

元稹在这首诗中，把薛涛和汉代才女卓文君相提并论，薛涛的聪明善辩和她的斑斓文采，竟然使词客公侯一个个甘拜下风，并心生思慕。

白居易有《赠薛涛》：

峨眉山势接云霓，欲逐刘郎北路迷。
若似剡中容易到，春风犹隔武陵溪。

白居易赠薛涛的这首诗中，虽没有直接颂扬她的才华，却在委婉曲折的咏叹中，表达了对这位蜀中女才子的由衷欣赏。

同时代诗人赞美薛涛的诗篇，流传最广的，自然是王建的《寄蜀中薛涛校书》：

万里桥边女校书，枇杷花里闭门居。

扫眉才子知多少，管领春风总不如。

王建诗中那种发自肺腑的感叹，大概是表达了当时很多文人对薛涛的钦敬。在这位才华横溢的女诗人面前，很多须眉男子自叹不如。

薛涛在浣花溪畔度过她的晚年，这也许是一段安静的生活。虽隐居幽林，行吟溪畔，薛涛的影响却深入当时人们的生活。她以自己出众的诗才，成为那个时代的一位女中英杰，知名度早已超越成都，传播到整个中国。当然，这种知名度，也许只是在诗坛，只是在喜好诗文的知识阶层。而在成都，人们都知道这位女校书，文人官吏以和她赋诗唱和为荣，市井小民也以在薛涛笺上挥洒笔墨为风雅。薛涛的辞世，在成都曾经是一件引起很多人哀伤痛惜的事情。

薛涛去世后，刘禹锡写过一首诗《和西川李尚书（伤孔雀及薛涛）之什》:

玉儿已逐金环葬，翠羽先随秋草萎。

唯见芙蓉含晓露，数行红泪滴清池。

刘禹锡没有去过成都，只是在他的诗中吟咏成都，和身在成都的友人应和酬唱。薛涛去世的消息传到他耳中，令他悲痛不已。“数行红泪滴清池”，这样独特的意象，表达了多少人对薛涛的惋惜和追怀。

胸中万卷书，笔下千叠浪

薛涛留给后人的遗产，最有价值也最有生命力的，当然是她的诗歌。唐代的诗人如群星灿烂，和李白、杜甫、白居易、李商隐、王维、李贺、杜牧这些诗坛巨星相比，薛涛当然不引人注目。她的诗，没有被收入《唐诗三百首》——大部分中国人对唐诗的了解，仅限于这本普及唐诗的选本，所以很多后人不知道薛涛。其实，薛涛的诗，完全可以收入《唐诗三百首》，唐诗太浩瀚，太博大，任何一个选家，都可以从中选出他所心仪的选本；三百首，必定只是沧海之一粟，九牛之一毛。编选《唐诗三百首》的蘅塘退士不欣赏薛涛，并不说明薛涛的诗没有价值。薛涛是女性，又因曾被人认为她属于青楼女子，所以她的诗歌被后人忽视甚至被贬低，一点也不奇怪。好在汉字的意涵和好诗的魅力不会因岁月的流逝而改变。薛涛的诗白纸黑字地流传在世，就不会被扼杀，不会被湮灭，不会淡出中国人的历史和文学的记忆。

薛涛一生写了多少首诗，这大概永远是不解之谜了。她的诗作，相传北宋以前曾有《锦江集》五卷，共收入五百余首诗歌，可惜已经失传。而这五百余首，绝不可能囊括她一生所有的诗作。明代曾有《薛涛诗》一卷，并收入《四库全书》中；清光绪年间有木刻本《洪度集》问世。我见过清人陈矩为薛涛编的这本《洪度集》，收薛涛存诗八十余首。我们今天能读到的薛涛诗，大多收在其中。书中还有一幅薛涛的半身画像，画中的薛涛侧身倚栏，面含微笑，手持一笺纸，似作询问状。画像题款“薛涛小像，仿元人本”。我想，在元代，薛涛的《锦江集》或许还能看到，这幅画像，是否来自《锦江集》呢？

有人因为薛涛曾入乐籍而轻视她，一些后人在编诗时甚至将她归入青楼乐伎一类。然而读薛涛的诗，感受到的是清正高洁，是真挚和优雅，没有一点轻浮艳俗和脂粉气息。我们能读到的，只是她创作中的很少一部分，但这八十余首诗，却已经把这位杰出女诗人的襟怀展现得丰富多彩，也能让读者从中感受她非同寻常的才华。

薛涛的诗中，五言律诗《酬人雨后玩竹》是流传较广的一首：

南天春雨时，那鉴雪霜姿？
众类亦云茂，虚心宁自持。
多留晋贤醉，早伴舜妃悲。
晚岁君能赏，苍苍劲节奇。

这首诗为薛涛晚年之作，是讴歌竹子，也是薛涛对自己的性情和人生的写照。竹子清灵宁静，虚心挺拔，清丽而有风骨，置身众类而一枝独秀，风霜雨雪不能摧毁她的追求和向往。薛涛很巧妙地以竹子隐喻自己的理想和人格，诗意峻拔而意蕴深长。她在另一首写竹的七绝《竹离亭》中有相似的隐喻："蓊郁新栽四五行，常将劲节负秋霜。为缘春笋钻破墙，不得垂阴覆玉堂。"诗中也透露出悲凉和无奈，女诗人的理想和她所身处的时代，常常是水火不相容，失意和苦痛，远多于得意和欢悦。但是既然活着，就得找到一个自己的活法。薛涛把自己的憧憬和情感倾注于诗歌，她的智慧和才华也因此被世人认识。

薛涛的诗，有女性的特点，感情深挚真切，想象力绮丽飘逸。无论是怀人还是咏物，都用心极深，让人感动。譬如她的《春望词》四首，情感深挚细腻，是难得的佳作：

其一：
花开不同赏，花落不同悲。
欲问相思处，花开花落时。

其二：
揽草结同心，将以遗知音。

春愁正断绝，春鸟复哀吟。

其三：

风花日将老，佳期犹渺渺。

不结同心人，空结同心草。

其四：

那堪花满枝，翻作两相思。

玉箸垂朝镜，春风知不知。

这些诗中，有薛涛的自我写照——她的自怜自哀和自爱，悄然流露在优美伤感的文字中。这是男诗人写不出来的。

离愁别恨，怀乡思故，是诗人吟咏无尽的题材，薛涛的诗作，也有大量这类题材。因感情的深挚、诗兴的浓郁、想象力的奇特，她不写则已，如下笔，必不同凡响。且看她如何写思乡：

峨嵋山下水如油，怜我心同不系舟。

何日片帆离锦浦，棹声齐唱发中流。

这首题为《思乡》的七绝，把游子思乡却无法回乡的愁苦和希冀，写得剖心入骨，思乡人伫立江畔，凝眸流水，心系远方的故乡，却只能在异乡独自惆怅。后两句是诗人返乡的向往，写得风生水起满纸喧哗，让人感受到的却是更深的寂寞和乡愁，这是诗人的高明。

薛涛生活在浣花溪畔，常常面对锦江的流水，水在诗人的眼里，是岁月，是情思，是流动而又凝止的满腹心事。薛涛的怀人诗篇中，离不开水的形象。其中有几首写得尤为动人，如《江边》：

西风忽报雁双双，人世心形两自降。
不为鱼肠有真诀，谁能夜夜立清江。

独立江畔，听脚下流水呜咽，望风中归雁双飞，思忖人生的诡谲和世态的炎凉，想念远方的友人，百感交集，诗意顿生。毫无疑问，这样的诗意，必定深沉悲凉。这样的诗意，让读者在共鸣的同时，由衷地感叹诗人的才华，后人对此诗有这样的议论："'人世'句之妙真是烟波万里，苍茫一碧，忽想身形，陡然一惊，不知其语之何从生也。"

这样的佳作，在薛涛的诗中还有不少，如《寄张元夫》："前溪独立后溪行，鹭识朱衣自不惊。借问人间愁寂意，伯牙弦绝已无声。"《送友人》："水国蒹葭夜有霜，月寒山色共苍苍。谁言千里自今昔，离梦杳如关塞长。"都是写在水边的诗，诗中有波光漾动，折射在诗人心中的，是人间的深挚之情。

这样的诗，要论诗艺，自是人间高手，诗中情景交融，虚实映照，余音绕梁，弦外有音。若品意境，更是深厚幽邃，语近情遥，含吐不露，悱恻缠绵，令人读之而心生无穷的伤感和悲凉。诗为心声，这些诗的情怀和意境，和薛涛的身世性格是极为吻合的。

薛涛的诗，涉及的题材和对象极为丰富，山林田园、风花雪月、琴棋书画、世态人情、日常生计，在她的诗中都有展现。她对音乐的理解，尤其让人佩服。《听僧吹芦管》就是一首绝妙的音乐诗："晓蝉呜咽暮莺愁，言语殷勤十指头；罢阅梵书聊一弄，散随金磬泥清秋。"

如果认为薛涛的诗，不过是格局精微、情感细腻的小女子诗，那就错了。薛涛的诗中，有当时很多男子难以表达的雄健阔大之气，她对历史的见解，对时事的判断，使很多自负的官吏和文人折服。她被贬罚至松州，虽是灾祸，是人生的一段坎坷，却也使她有机会饱览奇丽山水，体察边地民情，心胸因此而开阔，思路也不再囿限于小小的书斋园林。

她的《罚赴边有怀上韦相公二首》，是脍炙人口的力作：

之一：

闻到边城苦，而今到始知。

羞将门下曲，唱与陇头儿。

之二：

黠虏犹违命，烽烟直北愁。

却教严谴妾，不敢向松州。

明代诗人杨慎曾经这样评论这两首诗：“有讽喻而不露，得诗人之妙，使李白见之亦当叩首，元、白流纷纷停笔，不亦宜乎。”这样的评价，似乎有点夸张，能让李白叩首称臣，让元稹和白居易们折服停笔，没有那么容易。杨慎对薛涛的诗作这么高的评价，是因为钦佩她的正直——一个弱女子，能将民间疾苦牵记于心，并为之大声疾呼，确实难能可贵。

薛涛这类诗中，另一首影响更大，曾引出后人的很多评论。这首题为《筹边楼》的七绝，也是薛涛远游边地后的感慨：

平临云鸟入窗秋，壮压西川四十州。

诸将莫贪羌族马，最高层处见边头。

这样的诗，让人联想起唐诗中那些气势雄健、格调苍凉的边塞诗，出自一位女诗人之笔，实在难得。清代诗人纪晓岚在主编《四库全书》时，将此诗收入，并有如下议论：“其托意深远，有鲁嫠不恤纬，漆室女坐啸之思，非寻常裙履所及，宜其名重一时。”在纪晓岚的评论中，用了两个典故，鲁嫠和漆室女，都是古书中忧国忧民的女子，将薛涛类比这样

不見李生久佯狂真
可哀世人皆欲殺吾意
獨憐才敏捷詩千首飄
零酒一杯匡山讀書處
頭白好歸來

杜甫詩不見
壬辰夏日趙麗宏

遠送從此別，青山空復情。
幾時杯重把，昨夜月同行。
列郡謳歌惜，三朝出入榮。
江村獨歸處，寂寞養殘生。

杜甫詩贈嚴武情深意摯 趙麗宏

的女子，是赞赏薛涛的忧国情怀。筹边楼，是当时为抵御外侵、加强边防的一座新建筑，薛涛以此为题写诗，议政的意味是明显的。她赞成建楼固边，一楼高耸，威震八方，可以震慑对蜀地有觊觎之心的外敌。但是薛涛的诗意绝非歌功颂德，耐人寻味的是此诗的后两句：“诸将莫贪羌族马，最高层处见边头”，她用自己的诗句表达了看法：镇边的众将领，不要为贪功邀赏而轻易用武，应该高瞻远瞩，纵览全局，有博大宽广的胸怀。此中的讽喻之意，在当时可谓振聋发聩。

唐代有三位有名的女诗人，除了薛涛，还有李冶和鱼玄机。三人中，薛涛成就最高，存世的作品也最多。薛涛的诗才，千百年来一直被人赞美。薛涛能写出这么多佳作，得益于她渊博的才学，也因为她坎坷的经历，古人有这样的议论：“胸中无三万卷书，眼中无天下奇山水，未必能文，纵能亦儿女语耳。”

长教碧玉藏深处

薛涛多才多艺，也多情。读她的诗，便能感受到她无时不生、无处不在的情感。哀怒喜乐，悲欢忧愤，渗透在她清丽的文字中。薛涛这样一位情感丰富的女性，一生和那么多达官贵人和文坛才子交往酬唱，很多人爱慕她追求她，她也一定恋爱过。世间流传最广的，是她和元稹的爱情。薛涛和元稹之间，究竟是关系亲密的恋人，还是惺惺相惜的诗友，历来众说纷纭。大多数人都宁信其真而不愿认为是误传。两位才情相当的诗人，生生死死恋爱一场，留在文坛上是一个千古佳话。在望江楼公园的薛涛纪念馆里，我看到在展示薛涛履历的图表中，将元稹和薛涛的交往作为重要事件加以标注，看来也是认同了元、薛相恋的传说。

元、薛交往，在史书中没有多少具体的记载，只字片言，语焉不详，然而有一种解读，不会太离谱，那就是读两个人之间交往的有关诗篇，那是当事人的心灵剖露。诗不会骗人，后人可以从中窥知其中的秘密。

元稹，字微之，是中唐著名的诗人之一，和白居易齐名，人称为“元白”。而薛涛，是当时声名最大的女诗人。元稹生性好结交，对薛涛这样才貌双全的女诗人，他当然感兴趣。开始，只是远闻其名，由慕名而设法相聚交往。他们之间最初的认识，是以笔墨相见。关于元、薛之恋，在当时就有传闻。和元、薛生活同一时代的唐人范摅的《云溪友议》中这样记载：“安人元相国应制科之选，历天禄畿尉，则闻西蜀乐籍有薛涛者，能篇咏，饶词辩，常悄悒于怀抱也。及为监察，求使剑门，以御史推鞫，难得见焉。及就除拾遗，府公严司空绶知微之之欲，每遣往薛氏往焉，临途诀别，不敢攀行。”这段记载，很具体地说了元稹和薛涛之间的交往。元稹倾慕薛涛的才貌，一直希望与之认识。地方官严绶知道元稹的心意后，将薛涛介绍给元稹，两人开始交往。这位严绶，可以看作“元薛之恋”的媒人。

元稹那年曾写《好时节》，是对当时情景的描述：

身骑骢马峨眉下，面带霜威卓氏前。
虚度东川好时节，酒楼元被蜀儿眠。

此诗中的“卓氏”，被人认为是指代薛涛。元稹在诗中把薛涛比作卓文君，而且对她敬爱有加。元稹和薛涛分手很多年之后寄赠薛涛的诗中，有“幻出文君与薛涛”之句，又一次将薛涛和卓文君并列。两人的相恋，应该是没有疑问的事情。古城的花前月下，曾留下他们亲密交往的屐痕。我想，薛涛和元稹之间，一定还有不少表达爱意的酬唱，诗人的爱情，一定会用诗来表达。但现存的诗中，痕迹寥寥。这或许会在薛涛失传的四百多首诗词中找到。还有一种可能，恋人之间互赠的文字，两人都视之为私隐，不愿公之于众，宁可深埋心底，让诗笺和落花一起随江波漂流远去，成为永远的秘密。元稹在编辑他的诗集时，曾将那一时期的诗作大量删除，所留之作，无一不和薛涛有明显的关联。这位“元相国”“元才子”，对自己和薛涛的关系，也是讳莫如深，不想公开。元稹和薛涛相识时，薛涛已年逾四十，元稹才三十出头，薛涛比元稹长十一岁，这是一场姐弟恋。元稹是出身名门的高干子弟，也是名重一时的才子，而且身居高位，仕途远大，和薛涛的地位有天壤之别。他和薛涛的相恋，只能是婚外之情，不可能开花结果。关于元稹和薛涛相恋的具体情景，没有留下客观的描述文字。我读过《新唐书》中的《元稹传》，对元稹的人生经历，做了详细的介绍，甚至记下了他在驿站中和人打架的逸事，然而对元、薛交往，无一字提及。

我读过一些文史学家对元、薛相恋的分析，有坚信不疑的肯定者，认为元稹和薛涛的恋爱，有诗为证，无法否定；也有怀疑者，认为这是好事者杜撰，把两位异性诗人的正常交往想象成情人相恋。

我相信元稹和薛涛之间曾有过爱情。薛涛留下来的诗篇中，写得最情深意挚的，是两首题为《赠远》的七绝：

抗弱新蒲叶又齐，春深花落塞前溪。
知君未转秦关骑，月照千门掩袖啼。

芙蓉新落蜀山秋，锦字开缄到是愁。
闺阁不知戎马事，月高还上望夫楼。

这两首诗中表达的相思之情，只有至亲至爱的夫妻，才会如此深挚。想到夫君戎马边关，万般思念，愁绪满怀。明月之夜，独上高楼遥寄相思，也是一个痴情女子的写照。望夫楼，在诗中是一个寓意明确的意象，薛涛是把心中所思之人看作是自己的丈夫。而这两首诗中薛涛所思之人，到底是不是元稹，没有人能够确证。很多人认为这是薛涛写给元稹的诗，若薛、元相恋是事实，可以相信这是薛涛寄情元稹的心迹表白。

有人认为，薛涛和元稹之间的爱情，并不对等，薛涛痴情专一，而元稹逢场作戏。薛涛非常希望和元稹白头偕老，而元稹并未为薛涛专情。在唐代，达官贵人中风流成性者众多，元稹也是其中一个，在他的心目中，薛涛虽有才貌，不过是一个风尘女子，可以交往亲昵于一时，不可能倾情长守于一世。元稹丧偶独身时，薛涛曾幻想自己所爱的人能娶自己为妻。当时，元稹在江陵为官，薛涛满怀希望从成都跋山涉水赶去和他相会。在旅途中，她曾写过七绝《题竹郎庙》，表达自己满怀希望的喜悦之情："竹郎庙前多古木，夕阳沉沉山更绿。何处江村有笛声，声声尽是迎郎曲。"据学者考知，中唐时，人们去庙中祭祀竹郎，多为祈求佳偶，繁衍子嗣。后人从薛涛这首诗中，品悟到的是她和元稹相见前的因希冀而产生的喜悦。然而薛涛的热情，却被元稹迎头浇泼了一大盆冷水。元稹拒绝了薛涛，在他的七绝《有所教》中有明白的描述："莫画长眉画短眉，斜红伤竖莫伤垂。人人总解争时势，都大须看各自宜。"这首诗，虽没有标明赠给谁，但口气却是劝解安抚薛涛的，诗句描绘的是女子梳妆的情景，但主题非常明确，要薛涛有自知之明，不要有非分之想，不要“争时势”、争名分，而要正视自己的地位，要“各自宜”，安分守己，随遇而安。这样的劝解，对薛涛的打击是可以想见的。薛涛是自尊孤傲的女子，不会死乞白赖留在元稹身边。她很快离开江陵，孤身一人返回成都。归途的心情，和来时天差地别。她在归途中写的两首诗，意境都沉郁哀伤。一首七律《谒巫山庙》:“乱猿啼处访高唐，路入烟霞草木香。山色未能忘宋玉,水声犹似哭襄王。朝朝夜夜阳台下,为雨为云楚国亡。惆怅庙前多少柳，春来空斗画眉长。”诗中惆怅失落的颓丧情绪，溢于言表。另一首七绝《海棠溪》:“春教风景驻仙霞，水面鱼身总带花。人世不思灵卉异，竞将红缬染轻纱。”诗人看到江中落花随波漂流，触景生情，联想到人世间的淡漠和绝情，对美丽的生灵并不珍惜。花犹如此，人何以堪。

元稹和原配妻子韦丛的夫妻情深，也是文学情史中的佳话。韦丛去世后，元稹写过很多情真意挚的诗篇，“曾经沧海难为水，除却巫山不是云”，就是他悼念亡妻诗篇中的句子，是唐诗中最脍炙人口的名篇之一。然而文人的言行，未必一致。就在薛涛赴江陵会元稹时，已经有人在为元稹物色新妇。元稹的好友李景俭，推荐一个名叫安仙嫔的女子给他做妾。失去爱妻不到一年，元稹就纳安仙嫔为妾。元稹在同时期写的一首诗中有这样的句子:“死恨相如新索妇，枉将心力为他狂。”写的是薛涛被拒后的心情，因所爱之人“新索妇”而怨恨不已。据史记载，元稹对新妇的兴趣，远在薛涛之上。他写给新妇的诗篇，情更浓郁，意更缠绵。也许，元稹还是信奉“女子无才便是德”的孔孟之道。薛涛这样的才女，可以吟诗酬唱、谈情说爱，却不能做妻子。

薛涛和元稹的恋人关系，从此结束，两人自江陵分手，至死未再相见。然而曾经有过的情爱，却是无法一刀两断的，虽天各一方，却依然互有牵挂。十一年之后，年过五十的薛涛给元稹写信，并以自制笺纸百幅相赠。她在信中抄录了一些旧诗，并新作一首七律，题为《寄旧诗与元微之》：

诗篇调态人皆有，细腻风光我独知。
月下咏花怜暗澹，雨朝题柳为攲垂。
长教碧玉藏深处，总向红笺写自随。
老大不能收拾得，与君开似教男儿。

写这首诗时，薛涛的心情是平静的，当年的热情，早已消散在岁月的烟尘之中。诗中的“碧玉”，应是诗人无比珍惜的爱情记忆。薛涛将它们深藏在心底。即便是在红色笺纸上录旧作，也不会再写当年抒情示爱的文字了。这首诗看似平淡沉静，却潜藏着复杂的情感。当事人读之，必定百感交集。元稹读这首诗后作何感想，是追怀共鸣，是愧疚伤感，还是惘然迷离？后人无法知道。他在收到薛涛这首诗之后，回赠了那首著名的《寄赠薛涛》：

锦江滑腻峨眉秀，幻出文君与薛涛。
言语巧偷鹦鹉舌，文章分得凤凰毛。
纷纷词客皆停笔，个个公侯欲梦刀。
别后相思隔烟水，菖蒲发花五云高。

这首诗，曾被很多人认作“元薛之恋”的铁证，其中的“别后相思隔烟水”，似是恋人相思的倾诉。其实，细品这首诗，给人印象深刻的是对薛涛的赞美，可以说是竭尽赞美之能事——鹦鹉舌，凤凰毛，词客停笔，公侯梦刀——有点肉麻了。这样的赞美，多了一点浮夸，少了一点贴心的真挚。元稹似乎想对薛涛说一些好话，以掩饰自己内心的歉疚。“别后相思”的描述，在这样夸张的赞美之后，给人的感觉也就是一般客套了。和薛涛的那两首《赠远》相比，判若云泥。

元稹写给薛涛的这首诗，没有被他自己删除，能流传在世也是一件幸事。元稹对薛涛的评价，对薛涛是一种极有分量的肯定，在世间广为流传；薛涛的才情，也因此被更多人知晓。热爱薛涛的人们，应该感谢元稹。

古井澄千尺，名笺艳一生

望江楼公园中，薛涛井是最引人注目的景点之一。

薛涛井名气很大，因为相传这是薛涛用来取水制笺的所在。不过年代久远，薛涛当年是否用过此井，无法考证，但来这里的人，相信这就是薛涛用过的井。

薛涛井地处望江楼古建筑群的中心。宽阔的井台前，古木蓊郁，宽阔的井台为莲花台座，地面石板呈圆形辐射状排列，正中为井眼，八角形石井栏高出地面尺余，井口覆一块圆形莲花状石井盖，使人看不见井底波澜。井边有两棵大树，树干挺拔，绿荫婆娑，似为女贞，看起来树龄不长，并非古树，而是近人所栽；午后的斜阳正透过两棵大树的浓荫，将斑驳迷离的光点洒落在井台上。井台背后，是一堵画梁斗拱的朱墙牌坊。牌坊中嵌三块石碑，中间为一块红砂石大碑，碑刻“薛涛井”三个楷书大字，字体端庄丰润，很有风骨，落款是：“康熙甲辰三月立”，那是公元 1664 年，距今三百多年了。这三个大字的书写者，是当时的成都知府冀应熊。牌坊两边嵌着两块诗碑，左边碑上刻着清人周厚辕书写的王建的《寄蜀中薛涛校书》：“万里桥边女校书，枇杷花里闭门居。扫眉才子知多少，管领春风总不如。”右边碑刻周厚辕的一首七绝：“万玉珊珊凤尾书，枳花篱近野人居。井阑月坠飘梧影，素发飘飘雪色如。”

《成都府志》有记载:“薛涛井,旧名玉女津,在锦江南岸,水极清,石栏周环。为蜀藩制笺处,有堂室数楹,令卒守之。每年定期命匠制纸,因为上进表疏。本朝知府冀应熊书薛涛井三字刻石。”冀应熊是一位重史尊文的官吏,他到成都当知府后,曾修缮杜甫草堂,重修汉昭烈皇帝惠陵,并题写“汉昭烈之陵”。他为薛涛墓题字并刻石立碑,使这里成为人们寻访诗魂故迹的重要景点。题写薛涛井诗碑的周厚辕,是清乾隆时期的文人,距冀应熊题写“薛涛井”,已经一百多年。

再往前推千百年,这里是什么模样,是否有这样的井,无人能知。明人王珙有七绝《薛涛井》:“锦笺新样出名娃,绕郭芙蓉养粉沙。犹有一澄香积水,漂红深浅似桃花。”王珙写这首诗时,冀应熊还没有为薛涛井题字立碑,既以薛涛井为诗题,当时人们一定已称此井为薛涛井了。清代的诗人曾经留下过一些吟咏薛涛井的诗,那是井边有碑石之后了。胡延琭有七律《薛涛井》:“惆怅枇杷白板门,当年桃李不成村。美人黄土今千载,古渡青莎径一痕。江水有情仍潋滟,井泉不语自清漫。名笺染就春无痕,何必重招倩女魂。”葛峻起有七绝《薛涛井》:“十样锦笺别样新,风流遗迹几经春。只今石甃埋荒草,漫向江头吊美人。”张问陶有五律《游薛涛井》:“风竹缘江冷,残碑卧晚晴。秋花才女泪,春梦锦官城。古井澄千尺,名笺艳一生。烹茶谈佚事,宛转辘轳声。”从这些诗中,可以看到数百年间薛涛井边发生的变化，人间荣辱兴衰的交替，也在井边发生。晚清时，这里已是一派荒凉景象，石栏颓废，残碑倒卧，荒草丛生。在凋敝的废墟中，人们只能在诗文和传说中想象薛涛如何取水制笺，创造出有声有色的绝代风华。

薛涛井畔凋敝荒凉的景象，只能在古诗中寻觅了。现在，这里成了望江楼公园的一个中心。站在薛涛井边，可以环望周围的崇丽阁、濯锦楼、吟诗楼、浣笺亭、清婉室、五云仙馆……这些建筑，高高低低，形态各异，竞相显示自己的曼妙美色，组合成一幅彩色长卷，在视野中起伏叠合。眼前的这幅彩色长卷，很自然地使我联想起薛涛笺。在这里，如果有什么思古之幽情，那一定和薛涛笺有关。薛涛井，是和薛涛笺连在一起的，“古井澄千尺，名笺艳一生”，有井中清泉，才有精美笺纸诞生。

唐代的成都，造纸业很发达，城西浣花溪流畔有很多造纸作坊。益州黄白麻纸，是当时质地优良的上好纸张。这里也盛产精美的蜀笺，色彩缤纷，样式繁多。诗人韦庄有《乞彩笺歌》，生动地描述了当时制笺的盛况：

浣花溪上如花客，绿暗红藏人不识。
留得溪头瑟瑟波，泼成纸上猩猩色。
手把金刀擘彩云，有时剪破秋天碧。

不使红霓段段飞，一时驱上丹霞壁。
蜀客才多染不供，卓文醉后开无力。
孔雀衔来向日飞，翩翩压折黄金翼。
我有歌诗一千首，磨砻山岳罗星斗。
开卷长疑雷电惊，挥毫只怕龙蛇走。
班班布在时人口，满袖松花都未有。
人间无处买烟霞，须知得自神仙手。
也知价重连城璧，一纸万金犹不惜。
薛涛昨夜梦中来，殷勤劝向君边觅。

韦庄的诗，结尾梦见薛涛，引出了当时最负盛名的薛涛笺。薛涛不仅是诗人，也是艺术的独创者，她制作笺纸，起初也许只是自己使用，但这种融诗、书、画于一纸的彩笺，让很多人爱不释手。用薛涛笺写信录诗，渐渐成为当时文人的时尚。薛涛笺的名声，不仅在成都如日中天，还传到了首都长安，长安的文人，也以能得到薛涛笺、使用薛涛笺为风雅之事。薛涛笺曾经是文人雅士争相追寻的风雅之物，在薛涛笺上题诗作画，是当时文人的时尚。

薛涛笺如何制作,现代人已无从详知。宋人计有功在《唐诗纪事》中有记载:“涛好制小诗，惜其幅大，狭小之，蜀中号称薛涛笺。”元人辛文房在《唐才子传》中有类似描述:“涛工为小诗，惜成都笺幅大，遂皆制狭之，人以便焉，名曰薛涛笺。”费著在《笺纸谱》中有记:“涛侨止百花潭，躬撰深红小纸笺，裁书供吟，献酬贤杰，时谓之薛涛笺。”《名媛诗归》则如此说:“薛涛归浣花所，其浣花之人，多造十色彩笺，于是学报造新鲜小幅松花纸，多用题诗。”有民间传说甚至将薛涛制笺的故事描绘得无比神奇，如包汝楫《南中纪闻》中所记:“薛涛井在成都府，每年三月初三日，井水浮溢，郡人携佳纸，向水面拂过，辄作娇红色，鲜灼可爱，但止得十二纸，遇岁闰则十三纸，此后遂绝无颜色矣。”这样的景象，如同魔术，想来不可能，那一定是老百姓因热爱思念薛涛而创作的故事。

关于薛涛笺的文字，自唐以来，流传甚多。

李商隐的七律《送崔珏往西川》，写到了薛涛笺:“年少因何有旅愁，欲为东下更西游。一条雪浪吼巫峡，千里火云绕益州。卜肆至今多寂寞，酒垆从古擅风流。浣花笺纸桃花色，好好题诗咏玉钩。”崔道融有七绝《谢朱常侍寄题剡纸》:“百幅轻明雪未融，薛家凡纸漫深红。不应点染闲言语，留记将军盖世功。”元代诗人袁桷曾以《薛涛笺》为题写诗:“蜀王宫殿雪初消，银管填青点点描。可是青山留不住，子规声断促归朝。十样鸾笺起薛涛，黄荃禽鸟赵昌桃。浣花旧事何人记，万劫春风磷火高。”元代女诗人张玉娘的《锦花笺》，写的也是薛涛笺:“薛涛诗思饶春色，十样鸾笺五彩夸。香染桃英清入观，影翩藤角眩生花。涓涓锦水涵秋叶，冉冉剡波漾晚霞。却笑回文苏氏子，工夫空自度韶华。”

现代书法家沈尹默，也曾写过一首和薛涛笺有关的七绝：“谁信千年百乱离，锦城丝管古今宜。薛涛笺纸桃花色，乞取明灯照写诗。”沈尹默写这首诗，是在抗日战争期间。当时，他居留成都，国土沦丧和家人离散的惨痛现实，让他心思不宁。然而战乱时期的成都，人们仍然保存着传统的雅兴，沈尹默是看到了精美的薛涛笺，才引发了诗兴。这首诗，也许曾被他抄写在薛涛笺上，不知是否还在世间流传。

真正的“薛涛笺”究竟何等模样，今人已难知晓。当年，用“薛涛笺”书写诗文，是文人的时尚。以现代的说法，薛涛是当年“引领时尚”的女明星。薛涛的诗，广为传诵的不多，但“薛涛笺”一直流传至今。有人在一副对联中列数古人绝艺：“少陵诗、摩诘画、左传文、马迁笔、薛涛笺、右军帖、南华经、相如赋、屈子离骚，收古今绝艺，置我山窗。”薛涛的名字，赫然与屈原、杜甫、王维、司马迁、王羲之等人并列，这也是这位女诗人的荣耀了。

我四十多年前来成都时，曾经在望江楼公园买到精美的薛涛笺，是彩色水印的小幅蜀宣，笺上有山水花鸟，还有薛涛造像。前几年访问成都，这里的朋友也曾送我好几沓薛涛笺，至今被我珍藏在家舍不得用。今年春天来成都时，这里的朋友告诉我，望江楼花园中制作薛涛笺的老人已经退休，传统的制笺工艺失去了传人。现在，薛涛笺已经难得见到，到望江楼公园，也买不到薛涛笺了。朋友传达的信息，让我觉得匪夷所思，成都这样一座珍惜传统、传播诗意的城市，怎么会容忍这种事情发生。我不相信薛涛笺会在成都失传。果然，到望江楼公园，我在薛涛纪念馆的小卖部，买到了新制的薛涛笺。这里的工作人员告诉我，那位退休的制笺师傅，已经被返聘回来，正在向年轻人传授他的绝技呢。新的薛涛笺，和我四十多年前在成都看到的，完全相同，彩色水印的小幅蜀宣，上面印着山水花鸟，还有薛涛的造像和诗。和从前不同的是，新的薛涛笺，有了奢华的包装——薄薄一沓笺纸,装在一个古色古香的大盒子里。且不论价格,这样的包装，应该看作是今人对薛涛的尊重吧。

看着精美的薛涛笺，我想，当年薛涛留在笺上的墨迹，会是怎样的景象呢？薛涛的字，今天已经无法得见，但这位女才子，一定也是一位书法大家。见过薛涛书法的古人，对此有过描述。《宣和书谱》中，对薛涛书法有这样的评价："作字无女子气，笔力峻激，其行书妙处，颇得王羲之法。少加以学，亦卫夫人之流也。每喜写已所作诗，语亦工，思致俊逸，法书警句，因而得名。非若公孙大娘舞剑器、黄四娘家花，托于杜甫而后有传也。今御府所藏行书一，萱草等书。"《宣和书谱》是宋徽宗时内府所藏，是一部评价书法的权威之作，评论的对象，皆是御府所藏书法精品。薛涛的书法，被作为宝贝藏在皇宫里，可见当时人的器重。《宣和书谱》，相传是出于大书法家米芾、蔡京和蔡卞之手，他们对御藏书法精品做鉴定，写出鉴定评价和结论。“笔力峻激，颇得王羲之法”的字，当然是绝妙的书法。元人杨维桢在《答曹妙清》一诗中提到薛涛书法，有这样的想象：“写得薛涛《萱草帖》，西湖纸价可能高。”薛涛的书法，今人已无法得见。据说民间曾有人收藏薛涛的书法彩笺，上书“月到风来”四字，二十世纪四十年代初中华书局的出版物中曾有影印本刊出，看到的人都赞不绝口。虽无法一睹薛涛书法的风采，但可以想象，字美纸佳，两相辉映，薛涛手书的彩笺，该是何等珍贵的风雅之物。

薛涛坟上一花开

看过薛涛井，沿着曲折的林中小路往西南方向走半里地，就到了薛涛的墓地。女诗人生前的才情和智慧，在她身后成为民间的传奇。人们到墓前凭吊她，吟诵她留下的诗句，回味她跌宕曲折的人生道路和情感经历，生出钦佩、同情和怜惜之情。

薛涛离开这个世界的时候，已经是一个白发苍苍的老人。在萧瑟秋风中，她孤独地走到了生命的尽头。如果回头看一眼，来路曲折坎坷，却又多彩多姿。在那个时代，有哪个女子能以自己的才华名满天下呢？薛涛辞世，无数人为之痛惜，她出殡那天，浣花溪畔人流汹涌，人们默默地站在路边为她

峨眉山勢接雲霓欲
劉郎北路迷若似剡
中容易到春風猶
隔武陵溪

白居易贈薛濤
壬辰五月 趙藤宏

山色未能忘宋玉水聲猶

風花日將老，佳期猶渺渺。不結同心人，空結同心草。

薛涛春望词

壬辰六月 趙麗宏書

送行。人群中，有达官贵人，有文人雅士，也有闻讯而来的老百姓。时任剑南西川节度使的段文昌亲自为薛涛撰写墓志，并题写墓碑：“西川女校书薛洪度墓”。

薛涛墓究竟在何处，史料并无明确记载。

唐末诗人郑谷曾诗咏薛涛墓：“渚远清江碧簟纹，小桃花绕薛涛坟。朱桥直指金门路，粉堞高连玉垒云。窗下断琴翘凤足，波中濯锦散鸥群。子规夜夜啼巴蜀，不并吴乡楚国闻。”这首诗中有对薛涛墓地景象的描绘，也有对墓地位置的提示，人们因此推测薛涛坟应在望江楼东面的锦江之滨。明人何宇度在《益都谈资》中有记：“涛墓在江干，题碑唐女校书薛洪度墓。”是关于墓址和墓碑的较为确切的记录。清初王士祯《香祖笔记》中录有奇闻：“成都有耕者，得薛涛墓，棺悬石室中，四周环以彩年，无虑数万千，颜色鲜好，触风散若尘雾。”这样的奇美景象，如同神话，想来是怀念薛涛的好事者杜撰的故事。

史书不会详记一座坟墓的变迁，但是薛涛墓却有迹可循。所有的秘密，都在后人的诗中隐藏着，细细读来，便能感知千百年来在这里发生的变化。

清人郑成基有以《薛涛坟》为题的七律：“迷漫远树野云昏，曲径荒凉过小村。昔日桃花无剩影，到今斑竹有啼痕。红笺千古留香井，碧草三春绕墓门。流水斜阳空怅望，美人何处可招魂？”诗中的描述告知后人，古时绕坟的小桃花，已经无迹可寻，只有斑竹碧草，环绕着墓门。晚清诗人陈矩编《洪度集》时，在序文中说："墓去井里许，在民舍旁。"李淑熏的《记薛涛坟》中写得也很明确："江楼南去二三里，荒陇犹留土一抔。"可知薛涛墓距薛涛井最多二三里之远。这样算来，今天的薛涛墓，和明、清时传说中的墓地相去不远。

清代有一位很有名气的四川诗人，名叫李调元，他欣赏薛涛，曾为薛涛写过十多首诗，其中有几首，和薛涛墓有关。第一次到薛涛墓前凭吊时，李调元还是个十六岁的少年郎。那是清明时节，很多人到郊外来扫墓，平时冷清的墓区，此时人头攒动。墓地坟冢前到处是扫墓者摆下的祭品和焚烧纸钱的火光飞烟。李调元来祭扫薛涛墓时，已是黄昏，扫墓人都已纷纷回城。李调元的目标很明确，他是为凭吊薛涛而来。他经过人迹杂沓、飞灰扬舞的墓地，来到薛涛墓前，发现这里却异常安静。墓前没有祭品，也没有纸钱，只有一朵野花，悄然绽放在诗人的坟头。李调元一个人默默伫立墓前，心里酝酿成一首七绝：

乌鸦啄肉纸飞灰，城里家家祭扫回。
日落烟村人不见，薛涛坟上一花开。

李调元诗中写到的"薛涛坟上一花开"，是生长在坟上的野花，还是凭吊者留下的鲜花，无从考证。然而很显然，李调元是喜欢薛墓前的清净和安静，与其“乌鸦啄肉纸灰飞”的热闹，不如一花独开的清幽。从李调元的诗中可见，薛涛墓和当时成都居民的墓地是在一起的，起码是相邻的。

李调元第二次写薛涛墓，是在五十年之后，其时，他已是六十六岁的老人，和一批文友结伴来访。这一次他重访薛涛墓，得诗二首。他在诗题中这样记载：“墓久芜没，华阳徐明府始为剪除，观叹久之。”两首诗，写得平静淡泊，但很生动地记录了当时的情景。第一首：“才人万古总黄泉，我歇原由乏暂眠。不识东庵有何愤，竟思哭倒拜坟前。”李调元说他在薛涛墓前停留，是因为疲乏而歇，坐在墓前休息而已，而同行的一位名叫潘东庵的诗人，却拜倒在墓前失声痛哭。粗读此诗，李调元似乎对薛涛已很淡然，来墓地不为凭吊而为暂歇。有人甚至断定李调元对薛涛很冷淡。其实不然，有他自己的诗为证：“人间正色夺胭脂，独有峨眉世鲜知。家在薛涛村里住，琵琶依旧向门垂。”这是他中年时写的诗，自谓“家在薛涛村里住”，可见对薛涛的亲近和向往。我想，也许薛涛墓是他常来的地方，薛涛早已是他精神的挚友。他的淡然，其实是有更深沉的意味，这意味中，有顾惜，更有知己之情。李调元另一首同时写薛涛墓的诗，描绘了墓地的变迁，也表扬了修缮墓地的当时官吏：

薛坟抛在麦田中，劈草全凭刺史功。

生与高骈缘不断，如今酹酒又高公。

李调元这一组诗有一段序文，其中有说明：“至薛涛井并谒其墓，墓久芜没，华阳徐明府始为剪除，观叹久之。”薛涛墓能除草辟荒，是徐明府的功劳。这个徐明府，字念高，是一位有才学德政的地方官，修缮薛涛墓，也是他做的一件好事。

从李调元的诗中，也可以看到清代时薛涛墓经历的衰荣沉浮。据说离望江楼不远的四川大学校园内，从前曾有过薛涛墓，“文革”中竟被毁得不留痕迹。望江楼公园里的薛涛墓，是今人新修的，虽不是真墓，却是现代人凭吊女诗人的重要去处。

薛涛墓掩隐在竹林深处，有桃树相伴，春三月，正是桃花初开之时，粉红色的桃花，在青翠竹枝映衬下，显得清新娇美。红砂石的墓砖，环托起圆形坟墓，坟头野草青青，随风飘动。墓地周围有砖石墓道环绕，墓前的红砂石墓碑上书“唐女校书薛洪度墓”。现在能看到的薛涛墓，是 1994 年重建的新墓。重建时并没有因为诗人显赫的名声而将墓地设计得豪华阔大，和那些帝王将相的大墓相比，这墓地显得自然而简朴。这符合薛涛的身份和性情。我发现，墓碑前，放着一束小小的鲜花，花束中只有一朵盛开的白色百合，周围簇拥着清新的绿叶，这景象令我感动。是谁带着鲜花来看望薛涛？是谁别出心裁地选了这一朵白色百合？这使我想起李调元的诗“薛涛墓上一花开”，相隔两三百年，薛涛墓上竟会出现相同的景象。虽只是一花独开，表达的却是千万人的心意。

在望江楼公园寻访薛涛故迹之后，我和成都的友人一起到江畔的茶座喝茶。坐在浓密的树荫下，可以望见锦江的流水，可以听见鸟雀们躲在树荫里鸣唱，也可以和悠闲的茶客们交流。在这里喝茶的，有外地游客，更多的是成都市民。青花盖碗，铜壶开水，茶香中飘旋着清脆的成都话。我在茶客们的言谈中不时听到薛涛的名字。在这里，薛涛是永远也谈不完的话题。我想，锦江不竭，花树不枯，薛涛的传说和她留下的诗篇，就会在人间继续流传。

2012 年 4 月记于成都

2023 年 1 月定稿于上海四步斋

望帝春心托杜鹃

到成都，去郫都区。一路上，路两边有宽阔的绿化带。灌木丛中，掠过一片片缤纷的花色，红红白白，在绿叶中闪烁。这是杜鹃花。

郫都区有一个美丽的别名：杜鹃城。在郫都区看到杜鹃花，别有一番意味。

杜鹃，在汉字中，是一个含义丰富的奇妙词汇。杜鹃是花，是鸟，也是神奇的传说。杜鹃作为鸟名，含义更为丰富。杜鹃，就是布谷鸟，又名子规、杜宇、子鹃。关于杜鹃的神话，在古诗中能找到很多。流传最广的，是李商隐《锦瑟》中的两句："庄生晓梦迷蝴蝶，望帝春心托杜鹃。"庄生梦蝶，望帝化鹃，李商隐的诗中这两个并列的典故——庄子梦中的蝴蝶，望帝化成的杜鹃，是两个类型完全不同的故事。

望帝是谁？这是什么年代的故事？发生在什么地方？

这些问题，现代的中国人也许大多都无法回答。望帝是古代蜀王，相传是在西周或春秋早期，那是在三千年前，非常遥远的年代了。望帝名为杜宇，是一位贤明亲民的帝王，精通农耕，传说中他曾亲自教民务农，蜀地五谷丰登，国泰民安。望帝并不贪恋王位，后让贤于荆人鳖灵，隐退西山。传说他死后，魂化为鸟，长啼不止，口中流血。每年春耕时，天地间回荡着杜鹃的鸣叫，其声哀切。蜀人每闻子规啼，便说："望帝回来了，他在催我们春耕播种呢。"

望帝魂化杜鹃的故事，曾被很多诗人咏叹。南北朝诗人鲍照的组诗《拟行路难》中，有一首写到了这个传说：

愁思忽而至，跨马出北门。
举头四顾望，但见松柏荆棘郁樽樽。
中有一鸟名杜鹃，言是古时蜀帝魂。
声音哀苦鸣不息，羽毛憔悴似人髡。
飞走树间啄虫蚁，岂忆往日天子尊？
念此死生变化非常理，中心恻怆不能言。

杜甫的《杜鹃行》，把杜宇化鹃的传说写得更具体：

君不见昔日蜀天子，化作杜鹃似老乌。
寄巢生子不自啄，群鸟至今与哺雏。
虽同君臣有旧礼，骨肉满眼身羁孤。
业工窜伏深树里，四月五月偏号呼。

其声哀痛口流血，所诉何事常区区？
尔岂摧残始发愤，羞带羽翮伤形愚。
苍天变化谁料得，万事反覆何所无。
万事反覆何所无，岂忆当殿群臣趋。

杜甫在这首诗中引述了望帝化鹃的故事，并引出很多感慨，苍天变化，万事反复。望帝化鹃，是民间传说，是神话创作，把望帝之魂化成会鸣唱的鸟，是人心有所希冀。最初也许只是对一个去世善者的纪念，传说久了，就附加上很多人世间的愿望和情感。譬如对幸福的期待，对理想的追寻，也可能是思乡愁绪，是人生疑难，是剪不断理还乱的情爱。而杜鹃啼血，是一个令人心惊的意象。只要听到杜鹃的鸣叫，诗人们便想到了望帝化鹃的故事，感慨生死无常，人世变幻莫测。李白晚年漂泊在江南，在安徽宣城看到漫山遍野的杜鹃花，心里便想起了四川的杜鹃鸟，遂写《宣城见杜鹃花》：

蜀国曾闻子规鸟，宣城还见杜鹃花。
一叫一回肠一断，三春三月忆三巴。

四川的子规鸟，安徽的杜鹃花，似乎并不相干，融合在李白的诗篇中，却是互相关联的意象，异乡的杜鹃花，使李白联想到故乡的子规鸟，子规啼唱，是亡魂的哀歌，是故乡的呼唤，令人断肠。杜鹃啼血，似乎是一个冤魂的呼喊，但传说中的望帝似乎并无冤屈，也无怨恨，诗人纷纷在他们的作品中发出了疑问。杜牧的五律《杜鹃》，就是一首发问的诗：

杜宇竟何冤，年年叫蜀门？
至今衔积恨，终古吊残魂。
芳草迷肠结，红花染血痕。
山川尽春色，呜咽复谁论？

杜牧诗中的疑问，无人能回答。望帝当年让出帝位，也有传说。那年长江洪水泛滥，蜀地百姓苦于水患。荆地有能人名鳖灵，死后尸体在长江中逆流而上，到蜀国郫邑，竟然复活。鳖灵听说望帝贤明，去求见望帝。望帝惜才，任鳖灵为相，命他治水。鳖灵带领蜀人开山引水，平息水患，立下大功，深得民心。据说，都江堰的水利工程，其源头便出自鳖灵，有“开明肇其端”，才有“李冰集大成”。望帝觉得鳖灵功高，便让位给鳖灵。于是鳖灵取代望帝，当了蜀王，并改号开明，称丛帝。开明王位世传十二代，也是古代成都的一段奇特的历史。望帝和丛帝两个时代的交替，是望帝谦和揖让、和平退位，还是其他方式的政权更替，无法考证。在中国古代改朝换代的历史中，似乎很少有这样主动揖让的事例。改朝换代，难免战争和杀戮。望帝时代的结束，对杜宇来说，意味着亡国。他的生命，很可能是一个时代的殉葬。在传说中，杜宇也是亡国之君，他魂化为鸟，长鸣泣血，也是为亡国而哀伤。唐人胡曾七绝《咏史诗·成都》，便作如是猜想：

杜宇曾为蜀帝王，化禽飞去旧城荒。
年年来叫桃花月，似向春风诉国亡。

因杜鹃啼鸣而心生悲怨疑惑的诗，还能找到很多："未抵闻鹃多少恨，况逢春暮草萋萋"（杜甫《杜鹃》）；"雨恨花愁同此冤，啼时闻处正春繁。千声万泣谁哀尔？争得如花笑不言"（来鹄《子规》）；"一叫一声残，声声万古冤"（余靖《子规》）；"杜宇冤亡积有时，年年啼血动人悲。若教恨魄皆能化，何树何山著子规"（顾况《子规》）。南宋文天祥被俘就义前，多次在诗中以杜鹃啼血寄托亡国之痛："从今别却江南路，化作啼鹃带血归。""俯眉北去明妃泪，啼血南飞望帝魂。""故园门掩东风老，无限杜鹃啼落花。"

郫都区最著名的古迹，是望丛祠。这是纪念望帝和丛帝的祠庙，祠中有望帝和丛帝的陵墓。望帝和丛帝，为何会同葬一处？也是令人生奇的景象。据传，望帝死后，本葬于玉垒山，后人曾修祠墓合一的祠宇，尊为崇德寺。丛帝的墓，在郫都区，即今日之望丛祠内。两座陵墓，相距遥远。南北朝时，为方便老百姓祭祀望帝，益州刺史将望帝祠墓从玉垒山迁到当年的国都郫县，地点就在丛帝墓附近。后人将两座祠堂合二为一，建成合祀二帝的望丛祠。在唐诗中，已出现望丛祠这个名字。温庭筠的词《河渎神》中，便有望丛祠的描写：

河上望丛祠，庙前春雨来时。楚山无限鸟飞迟，兰棹空伤别离。

何处杜鹃啼不歇，艳红开尽如血。蝉鬓美人愁绝，百花芳草佳节。

清人何绍基来郫县后，曾写七律《谒望丛祠》：

蜀王坟上草青青，翠柏苍松护鳖灵。
一代勋名高禹绩，千秋揖让近虞廷。
荆尸浮处人争异，蜀魄啼时梦乍醒。
无限荒丘环寝殿，丹枫老树作人形。

从温庭筠生活的时代到何绍基写《谒望丛祠》，相距千年，期间两座帝陵分分合合，时废时兴，但望丛祠，已在世人心中定型。两个帝王，同葬一园，让人们想象那一段犹如神话的历史。望帝和丛帝，都是历史和神话中共有的人物，丛帝生前死而复生，望帝死后魂化为鸟，两位帝王承前启后，教民稼穑，开山治水，安邦兴国，发展了蜀地的农耕，使四川成为丰衣足食的“天府之国”。在人们的心目中，这望丛祠，就是蜀人的宗祠。人们到这里祭祀望帝和丛帝，心怀着对勤劳智慧的祖先的感恩。

我到望丛祠时，已是下午。祠院红墙围绕，进门便看到一堵高大的红色照壁，壁上刻有巨大的“望丛祠”三字；照壁屋檐下，并列三块牌匾，分别以不同字体书写：“惠泽西蜀”“造福海邦”“至德圣道”。这是后世文人对望、丛两帝功德的评价。祠内建筑，呈汉唐风格，古朴而端庄。望帝和丛帝的陵寝，是两个高大的圆形土丘，一前一后，如古人所描述：“二冢相对，状若丘山。”望丛祠中，有望帝和丛帝的塑像，两位古帝在祠堂内并肩而坐。望帝年长，满面胡须，神情安详温和；丛帝年轻，手持节杖，英气勃勃。有意思的是，一根长长的红绸带，从望帝手中流出，搭落在丛帝肩头，两位古帝被柔软飘逸的红绸带连接成一个整体。这大概也是现代人对古老历史的一种诗意解读吧。

望丛祠内，翠柏成林，湖泊如镜。坐在湖畔的亭子里喝茶，遥想那些远古的传说，耳畔传来一声声鸟鸣，那是子规催春，是杜鹃思归。在杜鹃的啼鸣中，鲜艳的杜鹃花正在盛开，从湖畔，一直开到望帝和丛帝的墓前……

永陵访古

成都有王建墓，很久前就听说。三十多年前我到成都，匆匆而过，去了杜甫草堂、武侯祠、望江楼，没有时间去王建墓。那时没有深入了解，以为王建墓的墓主，就是唐代诗人王建。我曾想，一个诗人，在历史中也并不显赫，他的墓，大概不会是什么了不起的遗址吧。现在想来，真是我孤陋寡闻，无知得令人汗颜了。

王建墓其实有另外一个名字：永陵。既称为“陵”，墓主必为帝王。永陵的主人，并非唐代诗人王建，而是五代十国中的前蜀之帝。王建卒于公元 918 年，距今一千多年了。

王建墓就在成都市中心，大门是一座古石牌楼，横匾上刻“永陵”两个楷书金字，字匾两侧是两块对称的红砂石浮雕，各雕一只展翅欲飞的鸟，非凤非鹰，是雕刻家想象中的神鸟吧。门前有一对红砂石狮，引人注目，石狮龇牙咧嘴，形态生动，相对而立，却并不雷同，门右的石狮脚踩一花球，侧首仰天作呼啸状，门左的石狮却侧首俯视，面露惊奇。石狮的惊奇是有理由的，它脚下也有一花球，花球上有一异兽正攀援而上。这两只石狮造型雄奇而生动，非庸常之辈所雕。门左的石狮脸部残缺，不像是岁月风化所致，令人想到战争和动乱对古迹的破坏。无人讲解，只能凭自己猜测想象了。

进大门，一条大道直通墓穴。大道两边，分列石人石兽，人都是伫立捧笏作朝臣，兽中有佩鞍骏马，也有带翼神虎。使我吃惊的是，这些沉默的石人石兽，竟然都呈沉思之态，以沉静肃穆的表情凝视前方，使每一个从它们面前经过的人不敢轻狂喧哗。

王建的墓，不是地下宫殿，而是一个地面陵寝。从前，人们只能看到地面的土丘。陵寝有多大，在多深的地下，墓中会是什么样的景象，全都是千古之谜。陆游到成都时曾来过这里，并写了七律《后陵》：

陵阙凄凉俯旧邦，恨流滚滚似长江。
穿残已叹金凫尽，缺落空余石马双。
攫饭饥乌占寺鼓，避人飞鼠上经幢。
阿和乳臭崇韬耄，堪笑昏童束手降。

和埋葬在陵寝中同时代的诗人，是不会以陵墓作为吟咏对象的；即便写了，也难在文学上留下痕迹。只有当陵墓的主人成为历史，陵墓成为古迹，诗人才会不吝笔墨，借题发挥，咏史论道，借古讽今。陆游写这首诗时，离王建下葬已过去一百五十多年。从陆游的诗中可以看到，在宋代，此地已是一派荒凉景象，乌鸦鼓噪，蝙蝠乱窜。陆游为此诗写注道:“后陵永庆院在大西门外不及一里，盖王建墓也。有二石幢，犹当时物。又有太后墓，琢石为人马，甚伟。”陆游来时，永陵的地面建筑已经被拆除，帝王陵墓的气派已经不复存在，陆游所见，大概也就是一个大土堆。陆游来过之后，永陵继续着它的荒芜，几百年后，地面上仅剩下一个小山包，山包上荒草稀疏，杂树丛生，墓前的石幢和石人石马，也不知去向。山包中的埋藏，最后竟成为千古之谜。到清代，已无人知道这里是皇陵,成都人把这里当作司马相如的“抚琴台”了。直到 1942 年 9 月，考古学家发掘“抚琴台”，才解开了这个千古之谜。王建墓的发掘，在当时曾引起轰动。抚琴台，原来是帝王陵。墓中的景象，使世人震惊。

永陵是一个地面墓穴，砖石垒砌的墓室，覆盖泥土，形如山包。和中国历史上那些开国大帝的陵寝相比，王建墓很小，也没有多少附设的建筑，没有规模浩大的排场和陪葬品。当年发掘，曾出土很多文物，包括玉玺、玉带、哀册、金银饰物等。石棺底部，清晰地留着五道棺椁的痕迹。这是自周以来帝王陵寝用五道棺椁下葬的实证。

我独自走进空旷幽暗的墓室时，里面竟空无一人。灯光寂寂地亮着，射向墓室中所有值得参观的部位。

永陵最让人惊叹的部分，不在棺椁里，不在那些陪葬的宝物，而在石棺外面的那些石头的雕刻。石棺外廓，四面都有精美的浮雕。

王建生前一定是音乐爱好者，他的石棺材四周，雕刻的全都是演奏乐器的乐伎。在灯光的照射下，雕刻在岩石上的乐伎们一个个飘然欲舞。我绕石棺走了一圈，细细观赏雕刻在岩石上的乐伎。这里一共有二十四个乐伎，她们以不同的姿态，演奏着不同的乐器。这些乐器，有的我认识，比如琵琶、箜篌、筝、箫、笛、笙、鼓、钹、拍板，还有的我不认识。这些乐伎的组合，大概可以重现当年宫廷乐队的规模。我发现，二十四乐伎，每一个都雕出了个性，身姿、衣裙，都不尽相同，连头上的发髻、环髻和头饰，都是不一样的。有的乐伎耳上戴耳环，有的没有。千年岁月，竟没有磨灭乐伎们的表情，她们的脸上，都含着微笑，全都是欢悦的表情。以这样的姿态和表情围绕着棺椁，陪伴着一具在黑暗中逐渐化为泥土的尸体，有点触目惊心。

看着这些乐伎浮雕，不禁想起了杜甫的七绝《赠花卿》：“锦城丝管日纷纷，半入江风半入云。此曲只应天上有，人间能得几回闻。”杜甫写此诗，比王建下葬早了一百五十年，他是在一个富豪之家的酒宴上听奏乐之后所作，也是在成都，也是宫廷丝管之乐。杜甫所见乐伎们奏乐的形态，和石壁浮雕的乐伎，大概所差不多，都是“锦城丝管”，一个是人间喧

扰弱新蒲葉又齊
春深花落塞前溪
知君未轉秦關騎
月照千门掩袖啼

壬辰五月 趙麗宏

薛濤箋

芙蓉新老蜀山秋錦字
開緘到是愁閨閣不知
戎馬事月高還上
望夫樓

薛涛诗贈遠

壬辰六月趙麗宏

哗之乐，一个却是地下的沉默之乐。乐伎们生动的形象，凝固在石壁上，凝固了历史，凝固了艺术家的创造，也凝固了曾经回荡在宫殿园林中的曼妙音乐。

石棺周围，有十二尊力士神像，这也是让人惊叹的雕塑。十二尊雕像，分列石棺两侧，他们的下半截身体埋在地下，双手插入棺床底部作抬举状。巨大的石棺，似乎就是被这十二个力士抬举着，千百年来不知疲倦，在黑暗中保持着相同的姿势。这十二尊力士神像，雕刻得非同寻常。按常理，十二个执行相同任务的力士，完全可以有相同的装束，然而他们却是一人一副不同的模样。脑袋上的头盔、身上的铠甲，雕得各色各样。力士们一个个怒目圆睁，都是愤怒警惕的神情，但面孔的形状，却是个性迥异。抬举石棺的金刚力士，和浮雕上的乐伎默默相对，一个是力量和威严的象征，一个却是柔美和妩媚的艺术化身，刚和柔，阴和阳，在幽暗的墓穴中互相对视了一千多年。

我围绕着被玻璃罩着的石棺慢慢走了两圈。在石棺尽头，举头后望，不禁大吃一惊。幽暗的墓室尽头，竟端坐着一个古人！

这古人，是一尊石雕坐像，雕的就是墓主王建。这是墓中出土的原物。灯光虽然不亮，但可以看清雕像的模样。王建头戴帝冠，身穿官袍，穿着看上去似乎并不奢华，倒显出几分简朴。王建独自坐在墓穴尽头，孤独地坐着，一束冷光照射在他的脸上——脸上是静穆的表情，带着几分忧郁，也带着几分神秘。他凝视着自己的被打开的墓穴，也凝视着每一个前来参观的人。

空荡荡的墓室中，只有我一个人和端坐的王建默默相对。

来永陵参观前，我曾读过一些有关的史料，面对着王建的雕像，很自然地想起了和他有关的故事。王建出身贫寒，因排行第八，人称八哥。相传他少年时曾因家贫而行窃。一次,他和别人一起行窃被人发现,躲藏在武阳古墓中。在墓中，听见两个游魂在黑暗中对话，语称:“蜀王在此。”和王建一起行窃的同伴也听见了，同伴认为鬼说的蜀王，一定就是王建,因为王建“状貌异人,必有非常之举”。清人张怀泗的《前蜀杂事》描述了这个传说:“王气青城廿载多，武阳鬼语竟如何？持杯一笑非初愿，异相终当让八哥。”

王建后来从军打仗，从士兵一直做到将军，因保驾有功，步步高升，被唐昭宗任命为西川节度使，之后，他领兵蚕食东川，扩大地盘，将整个四川都囊括在自己的管辖内。唐昭宗已无法控制他，遂封他为蜀王。公元907年，朱温篡唐，改称梁。王建在成都面对长安号啕大哭，随即称帝，国号蜀。这就是历史上五代十国中的“前蜀”。王建在位十年，尚文崇智，尊重知识分子，蜀地风调雨顺，安无战事。成都成为全国的文化繁荣之地。成都的杜甫草堂，就是在那时得到重修，成为一个纪念之地。前蜀诗人贯休有七律《陈情献蜀皇帝》:

“河北江东处处灾，唯闻全蜀少尘埃。一瓶一钵垂垂老，千水千山得得来。秦苑幽栖多胜景，巴歈陈贡愧非才。自惭林薮龙钟者，亦得亲登郭隗台。”这样的诗，虽是歌功颂德，却也反映了当时的实情。公元 917 年，王建病死，传位于其子王衍。王衍是一个昏君，只知宴饮游乐，不问政事。王衍也爱写诗，有一首《宣华苑宫词》，很形象地昭显了他的性格：“辉辉赫赫浮玉云，宣华池上月华新。月华如水浸宫殿，有酒不醉真痴人。”诗中醉生梦死，是这位短命君王的真实写照。七年后，后唐庄宗伐蜀，王衍投降，前蜀亡。前蜀政权二世而亡，仅存十七年，是一个昙花一现的王朝。

前蜀十七年，在漫漫历史长河中，只是一个眨眼瞬间。如果没有永陵，没有当年这些石雕艺术家的精妙创造，王建也许会彻底消失在历史的烟尘之中。如今，后来者到这里参观这陵寝博物馆，在赞叹千年前的石雕艺术时，也想起了这位前蜀皇帝。雕刻家用石头把他的形象固定在此，虽仍在陵寝之地，却成为博物馆的一部分，让人追溯历史，也凭吊古人。

王建墓，其实是一个前蜀的石雕艺术博物馆。石头无言，艺术有声。古代无名雕刻家的创造，使石头有了不朽的生命。

小品和大师

——读苏东坡的小品

在中国古代文人中，苏东坡属于多才多艺多情趣的一位。他留下了很多传世的诗词和文章，还有书画。可惜纸张和丝绢都无法遗存千年，我们能看到的他的书画寥寥可数。

在中秋的时候,大多数中国人都会想起苏东坡的诗句“但愿人长久，千里共婵娟”，他吟咏赤壁的诗词和文章也是家喻户晓。一个文人，能留下千古不朽的文字，实在不容易。现在正活跃在文坛上的人，一千年后有几个人还会被人记得呢?

可是，要真正了解苏东坡，了解他在生活中真实的喜怒哀乐，还是要读一读他的小品。这些小品，只是一些信札、便条、日记，一些信手写下的随记，还有书画的题跋，当年苏东坡自己并不把它们当一回事。编文集时，他也想不到把它们收入，他大概认为这样的文字不算是作品，只是余墨闲笔，与才华学识无关。其实，这些信手写下的小品，尤见作者的真性情真才学。写诗填词作赋，对文人来说犹如演员登台正式表演，而这些随意而为的小品，则是台下的日常生活，没有刻意的表情，也没有洋洋洒洒的抒怀，而是极自然的喜怒哀乐之流露，是真实人生的写照。譬如那篇《红饭》，不满百字，却充满情趣，生动地刻画出苏东坡当时的生活情状：

> 今年收大麦二十余石，卖之价甚贱。而粳米适尽，乃课奴婢舂以为饭。嚼之，啧啧有声，小儿女相调云：是嚼虱子。日中饥，用浆水淘食之，自然甘酸浮滑，有西北村落气味。近日复令庖人杂小豆作饭，尤有味。老妻大笑曰："此新样二红饭也！"

这样的事物和描写，在东坡的诗词中是看不见的。只有写日记和书信时,才会以此入墨。小品,因文字短而名其"小"，其实，文短而意味隽永、含义深长，比写长篇大论更为不易。而且，小品写得随便，更能显示作者真实的心态。小品中出现的故事、抒情和议论，在正儿八经吟诗作文时不会出现，也许有人以为它们难登大雅之堂。其实，所谓"大雅"，往往有一点过分的严谨和矫饰的意味在其中。东坡喜欢杜甫的诗，在为他人写字时，常常抄杜诗，但他偏偏不选名篇，而写杜诗中那些偶尔流露浪漫性情的词句，如"黄四娘家花满蹊，千朵万朵压枝低。留连戏蝶时时舞，自在娇莺恰恰啼。"东坡在他的一篇小品中这样议论："此诗虽不甚佳，可以见子美清狂野逸然之态，故仆喜书之。昔齐鲁有大臣，史失其名。黄四娘独何人哉，而托此书以不朽，可以使览者一笑。"大臣的显赫在他当权时，时过境迁，便被人忘记得干干净净，而一个青楼佳人，却因为诗人的描写而千古留名。这其实也是对文学和艺术影响力的赞美。这样的文字，很自然地使我想起李白的诗句："屈平辞赋悬日月，楚王台榭空山丘。"

东坡的小品中，《记承天寺夜游》是游记中的神来之笔，已成为他的名篇之一：

> 元丰六年十月十二日，夜，解衣欲睡；月色入户，欣然起行。念无与为乐者，遂至承天寺，寻张怀民。怀民亦未寝，相与步于中庭。庭下如积水空明，水中藻、荇交横，盖竹柏影也。何夜无月？何处无竹柏？但少闲人如吾两人耳。

此文虽不满百字，却融记事、写景和抒情于一体，自然流畅，优美而有余韵。和其他小品不一样的是，这篇短文因传承了古代山水文章的神韵，所以可以登得大雅之堂，它的命运不同于苏东坡的其他被忽略的小品，而成为世代传诵的美文。明清两代不少擅写小品的文人在记游抒情时，常常情不自禁地模仿此文。譬如明人张岱的名篇《湖心亭赏雪》，便有东坡夜游承天寺的影子在里面。在东坡的小品中，记游的文字随处可见，有的篇幅更为短小，却也写得情景交融，譬如《蓬莱阁记所见》，全文不满四十字：

登州蓬莱阁上，望海如镜面，与天相际。忽有如黑豆数点者，郡人云：海舶至矣！不一炊久，已至阁下。

以如此简约精练的文字写游记，有阔大浩瀚的画面，有由远而近的船舶，静中有动，有声有色，可谓形神兼备。这样的小品，乃大师所为。

苏东坡是一个真正的多面手，他不仅精诗文，擅书画，对天文地理多有涉猎，他还精通园艺，熟悉农耕，对烹调也研究，这些在他的小品中都有表现。在杭州当官时，他领导疏浚西湖，灌溉万亩良田，“苏堤”是他留给后人的美妙纪念碑。在惠州时，他还设计将泉水引进广州，让城里人能饮用清洁的“自来水”，在他写给广州太守王敏仲的两封信中，很详细地谈了引水入城的具体设想和施工技术，这大概是中国的第一个自来水工程。他的小品中，有一篇《秧马》，生动记叙了当时农民用来插秧的一种农具，文曰：

予昔游武昌，见农夫皆骑“秧马”。以榆枣为腹，欲其滑；以楸桐为背，欲其轻。腹如小舟，昂首其尾；

背如覆瓦，以便两髀。雀跃于泥中，系束藁其首以缚秧，日行千畦，较之伛偻而作者，劳佚相绝矣。

江南的农活，一直以水田插秧最为累人，读东坡此文，我才知道北宋时中国就有了这样灵巧的“秧马”。但读这样的文字，可以看到东坡对农事的关注和熟悉。如不是东坡信手将田头所见记录，现在谁还知道当年有这样的“秧马”。

东坡还是一个造诣颇深的医生，沈括所著《苏沈良方》中的“苏方”，便是东坡开出的药方。东坡小品中有谈医的，却不是鼓吹自己的医道，而是辛辣地讽刺了当时的一些庸医，如《记服绢》：“医官张君传服绢方，真神仙上药也。然绢本以御寒，今乃以充服食，至寒时当盖稻草席耳。世言着衣吃饭，今乃吃衣着饭耶！”将衣料入药，确实荒唐得可以，“吃衣着饭”的庸医，如果读到这样的文章，恐怕会无地自容。东坡在他的小品中，常常以带刺笔触嘲讽当时虚伪的世风，譬如那篇《僧文荤食名》：“僧谓酒为般若汤，谓鱼为水梭花，鸡为钻篱菜。竟无所益，但欺而已，世常笑之。人有为不义而文之以美名者，与此何异哉！”“水梭花”和“钻篱菜”这样的名字，现代人恐怕难得听见，我在东坡的小品中第一次读到它们时，也忍俊不禁。和尚耐不得天天吃素的清苦，忍不住想吃荤，却又怕犯了戒律，于是为鱼和鸡另起一个“素”的名字，然后大快朵颐。和尚的行为自欺欺人，只是可笑，而那些“不义”

之人，却自冠以美名，那就不仅是可笑，而是可鄙可恶了。

苏东坡的幽默，在他的小品中常常是不由自主地流露出来，这在他的诗词中少见。东坡有一篇谈吃饭的短文，读来让人喷饭："有二措大相与言志。一云：我平生不足，惟饭与睡耳。他日得志，当吃饱饭了便睡，睡了又吃饭。一云：我则异于是。当吃了又吃，何暇复睡耶？吾来庐山，闻马道士善睡，于睡中得妙。然吾观之，终不如彼措大得吃饭三昧也。"这样的文字，在东坡的小品中不少。中国人骨子里的幽默，并不比西方人少，只是文人不常把这种幽默感写在正儿八经的文章中，在古人的诗词中，要寻找幽默感不容易。其实，在春秋诸子的散文中，已经出现不少笑话，魏晋时，更有了《笑林》这样专门记笑话的书；隋唐时又有《解颐》和《启颜录》问世；宋以后，笑话的创作就更为活跃。而清人的《笑林广记》，则是对自古以来流传的笑话的汇集。中国的文学史，似乎是忽略了这方面的著述，大概以传统之见，这类文字也登不得大雅之堂。苏东坡的看法，恐怕不太一样。宋代的《艾子杂说》，是产生于苏轼时代的一部笑话集，有人说这是苏轼晚年的作品，虽无确凿考证，但以东坡的情趣，写这样的书不无可能。如果这样，那么东坡的小品中就将增添很多可以让人解颐的有趣文字了。

东坡的小品，内容大多和他的兴趣有关，譬如书法。除了论字，他也论墨，论砚，论纸，论笔，写来都很见情趣。

一篇《醉书》，全文才二十来个字：“仆醉后辄作草书十数行，觉酒气拂拂从十指间出也。”读这段文字，能想象这位大书法家醉后挥毫的情景，“酒气拂拂从十指间出”，是怎样一种境界？我想此时他写的应该是狂草，奔放不羁，龙飞凤舞，和他的词一样浪漫绮丽。可惜东坡的书法作品存世不多，我见过的几幅，都是工整的行书，没有见过他写的狂草。东坡喜欢收集良砚，喜欢用好墨，他的小品中常常有这方面的记载，而写砚记墨的同时，却极自然地表现出他的机智和才情，流露出他对生活的热爱。有一段文字，刻在一方砚台上：

> 或谓居士：“吾当往端溪，可为公购砚。”居士曰：“吾两手，其一解写字，而有三砚，何以多为？”曰：“以备损坏。”居士曰：“吾手或先砚坏。”曰：“真手不坏。”居士曰：“真砚不损。”

这篇题为《砚铭》的短文，禅味浓厚，含义深远，给人丰富的联想。“真手不坏”和“真砚不损”，讲的其实是物质和精神的关系。苏东坡的时代大概还少有人说物质不灭，但精神不朽已是常理。在这篇短文中，表达的是一种超然物外的境界。使人产生的联想，是物质不灭，精神亦不灭。

关于墨，东坡也时有妙论，磨墨写字，能引出哲思来。如《书墨》：“余蓄墨数百挺，暇日辙出品试之，终无黑者，其间不过一二可人意。以此知世间佳物,自是难得。茶欲其白,墨欲其黑;方求黑时嫌漆白,方求白时嫌雪黑——自是人不会事也。”东坡这样聪明的“全才”,当然不满足于花钱买墨,他还要自己动手制墨,在他的小品中,有关于制墨的记载。那是在海南岛的时候,一次为制墨,差点引起火灾:“己卯腊月二十三日,墨灶火发,几焚屋;救灭,遂罢作墨。得佳墨大小五百丸,入漆者几百丸,足以了一世。仍以遗人,所不知者何人也。余松明一车,仍以照夜。”(《记海南作墨》)这次制墨的经历有惊无险,回报却非常丰厚,“佳墨大小五百丸,入漆者几百丸,足以了一世”,一次制墨,得到一生也用不完的佳墨,还可以广赠友人,何等奇妙。苏东坡如果是一个商人,办一个制墨作坊,开一家墨庄,大概能以此生财。他当然不屑此道,只是在自己动手研制的过程中获得乐趣。墨能自制,纸和笔就不能自己做了。被贬海南时,他常常为得不到好纸好笔而犯愁,有时也会用文字宣泄一下,那篇《书岭南纸》,就是在劣质纸上书写后愤而所作:“砚细而不退墨,纸滑而字易燥,皆尤物也。吾平生无嗜好,独好佳笔墨。既得罪谪岭南,凡养生具十无八九,佳纸笔行且尽,至用此等,将何以自娱?为之慨然。”

苏东坡尽管才华横溢,在当时便成为文坛泰斗,但他在仕途上并不得志,常常被贬被谪派到边远之地。但作为一个文人,他的心态是平和的,因为有比做官更有趣的事情陪伴着他。他始终热爱生活，珍惜生命，也珍惜来自人生的每一种感受。东坡之弟苏辙，谈到其兄在海南的生活曾这样说："日啖薯芋，而华堂玉食之念，不存于胸中。"在东坡的小品中，有当时贫困生活的真实写照，但绝不是诉苦，而是苦中作乐。如《撷菜》："吾借王参军地，种菜不及半亩，而吾与过终岁饱菜。夜半饮醉，无以解酒，辄撷菜煮之。味含土膏，气饱风露，虽粱肉不能及也。人生须底物而贪耶？"自己种菜，并以自家地里的蔬菜煮之下酒，有点像归隐山林的隐士生活了。但读这样的文字，感受到的是一种津津乐道的气息。日子过得再清苦，仍不失乐观旷达和文人的浪漫情怀，这正是苏东坡真实的性情。

不过，在东坡的小品中，还是能看到因岁月无情、人世沧桑而流露的悲凉，这也是人之常情。他在杭州主政多年，写下很多脍炙人口的美妙诗词，也留下很多为人赞扬的政绩，深得民众的爱戴。晚年他重返杭州，湖山依旧，人事全非，站在路边，没有人认识他，于是也有失落感产生。他曾经在为人写字时这样表达自己的感受："余十五年前，杖藜芒履，往来南北山。此间鱼鸟皆相识，况诸道人乎？再至惘然，皆晚生相对，但有怆恨。"这样的情绪，在东坡的文字只是偶尔展露，在他的作品中，更多的是达观和开阔，是智慧和才情，是不屈不挠的追求和探寻。

东坡曾这样评价自己的文章："吾文如万斛泉源，不择地皆可出。在平地，滔滔汩汩，虽一日千里无难。及其与山石曲折，随物赋形，而不可知也。所可知者，常行于所当行，常止于不可不止，如是而已矣！其他虽吾亦不能知也。”读苏东坡的小品时，我很自然地想起了他的这段自评，实在是奇妙而贴切的评语。

东坡小品，散见于《东坡志林》《东坡题跋》《东坡尺牍》和《苏东坡集》中。二十多年前，陈迩冬和郭隽杰两位先生曾编选过一本《东坡小品》，薄薄一册，只选了很少一部分作品。我想，如果将东坡小品整理分类，出一本较完整的东坡小品选集，应该是一件很有意义的事情，相信现代的读者会喜欢。

罨画池，诗意绵绵

到崇州，是一个春日的上午，下着细密的小雨。

罨画池被烟雨笼罩着。坐在湖畔的亭榭中喝茶，聊天，看风景。湖上天色奇异，密布的云团，竟然没有将阳光全部阻隔，几缕阳光从云隙中射出，融化在迷蒙的烟雨中，湖面闪动着斑斓的光点。湖上有雾，雾气若有若无，在水面漂浮，远远近近的树、桥、亭台楼阁，都变得如同印象派油画中的景物，朦胧而神秘。湖畔的垂柳在雨雾中轻摇，那一缕缕飘扬的翠绿，给人亲切的感觉，如有人晃动丝绸的衣袖，试图拂去湖上的雾气，还天地以清明。

罨画池非等闲之地。在唐代，这里就是著名的园林，湖畔东亭，曾出现在裴迪和杜甫相互酬唱的诗篇中，诗中的梅花，在园林中年年盛开。到南宋，因一位伟大的诗人在此地流连，朝夕相伴，迷恋上这里的湖波亭台和花草林木，诗长吟，情永留。罨画池，和这位诗人的名字，难分难解地连在了一起。这位诗人，是陆游。使我感兴趣的是，游遍天下名胜的陆游，为何会对罨画池如此钟情。我问陪我喝茶的崇州友人，友人笑而不答。

青花盖碗中，泡着当地产的绿茶竹叶青，茶盏中碧绿的茶叶，让人联想起身边湖波中菱莲清荷。湖水就在窗外，触手可及。我俯瞰湖波，忽见银光一闪，一条鲤鱼跃出水面，溅起一片水花，湖上涟漪由小而大，一圈又一圈，久久荡漾。友人问我：看见了什么？想起了什么？

此景此情，使我想起陆游的诗《池上见鱼跃有怀姑熟旧游》：

雨过回塘涨碧漪，幽人闲照角巾攲。
银刀忽裂圆波出，宛似姑溪晚泊时。

这是陆游在罨画池写的一首七绝，他看到的景象，和我刚才所见完全一样，雨中游湖，鱼跃水面，触景生情，联想起人生旅途中一些难忘的瞬间。崇州友人聪慧，她这一问，其实也解答了我的问题。陆游迷恋罨画池，是因为这里的幽静平和的自然天籁，是无处不在的诗意。

公元1173年春天，陆游接任蜀州通判来到崇州。那一年，他四十九岁。陆游的时代是一个苦难的时代，战事纷乱，国土沦丧，爱国者忧心如焚。从年轻时代起，陆游就为国家的统一奔走呼号。他从过军，上过战场，出生入死，殚精竭虑,却发现以一介书生之力,难以挽救国家的危亡。到崇州后,陆游被这里宁静的自然风光和淳朴的民风吸引，通判府西邻罨画池，走出后院东门，就能进入园林。罨画池不算大，但园内湖光潋滟，莲荷接天，古木苍翠，修竹成林，给人曲折幽深的感觉。湖上的堤桥，湖畔的亭台楼阁，都点缀得恰到好处。在湖光树影中，身心疲惫的诗人有了归家的感觉，诗的灵感如地下喷泉喷涌而出。刚到崇州，陆游就用诗抒写自己喜悦的心情，并和朋友们一起分享：

《初到蜀州寄成都诸友》
流落天涯鬓欲丝，年来用短始能奇。
无材籍作长闲地，有懑留为剧饮资。
万里不通京洛梦，一春最负牡丹时。
襞笺报与诸公道，罨画亭边第一诗。

陆游没有想到，在蜀州，会找到这样一个和他心灵相契的栖所。罨画池虽小，却能容纳并安抚一个漂泊者的灵魂。刚住下时寄给朋友们的这首诗，其实还是有点节制。和罨画池相处久了，在湖畔散步、思考，在湖上泛舟、垂钓，一天四时，罨画池为诗人显示出不同的表情，这些表情，在陆游的眼里,都亲切如故乡的问候。夏日的一天,陆游在湖上泛舟,清风徐来，舟子从柳荫下滑过，湖面上白云蓝天和亭榭树影

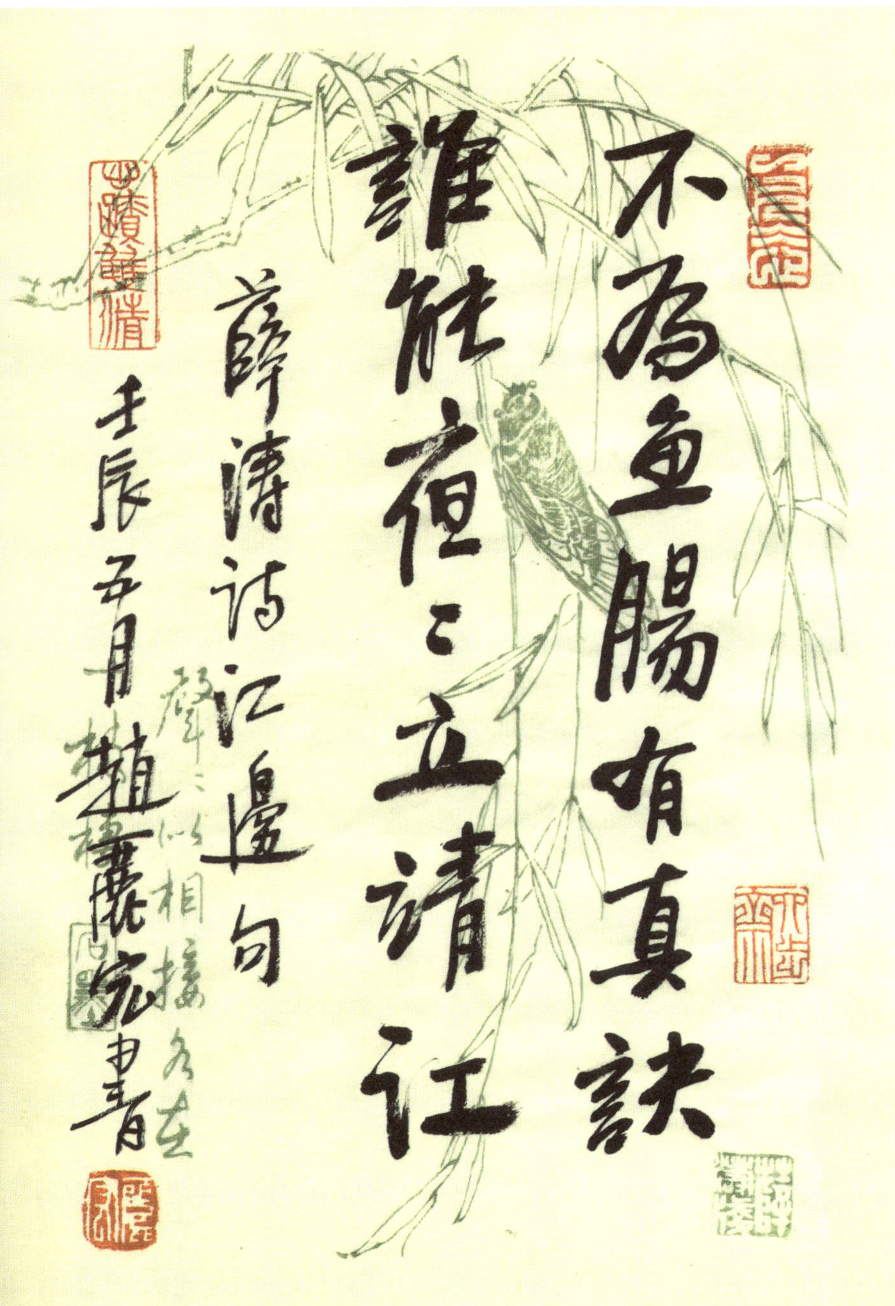

不为鱼肠有真诀
谁能夜夜立清江
薛涛诗江边句
壬辰五月赵丽宏书

錦箋新樣出名娃繞郭
芙蓉養粉沙猶有一
澄無積水漂紅深淺
似桃花

明人王琪詩薛濤井

壬辰午月趙麗宏

融为一体。眼前的景象，使陆游身心沉醉，他感觉这湖光水色，就是他结束漂泊的身心家园，就是他梦寐以求的灵魂归宿。又一首感情深挚的诗，从他心中涌出：

《夏日湖上》
乌帽筇枝散客愁，不妨胥史杂沙鸥。
迎风枕簟平欺暑，近水帘栊探借秋。
茶灶远从林下见，钓筒常向月中收。
江湖四十余年梦，岂信人间有蜀州。

今日的崇州人，读到“江湖四十余年梦，岂信人间有蜀州”这样真挚激情的诗句，依然会感到骄傲——家乡的水土，能使一位来自远方的诗人产生如此亲近的感觉，那是何等深切的缘分。

历史常常会有相合之点，诗人的命运也会有惊人的相似之处。陆游在崇州的经历，让我想起杜甫，想起杜甫和草堂。杜甫四十九岁那年结束颠沛流离的生活，住进成都草堂；陆游到崇州，也是四十九岁。两位诗人来到蜀地，心情也相似，都是历经磨难后，在这里发现了一片可以休养身心的宁静之地。陆游恋罨画池，颇似杜甫爱草堂；罨画池之于陆游，恰似草堂之于杜甫。一座简朴的草堂，一个幽静的园林，在不同的时代安抚了两位伟大诗人疲惫的身心。杜甫在草堂住了将近四年，陆游在崇州的时间要少得多，但罨画池一样使他迷恋，并永久萦绕在他的记忆中。杜甫在草堂，写出很多不朽的诗篇，草堂生活，成为他的灵感之源。陆游到崇州后，也写了很多和罨画池有关的诗篇，诗风因环境的幽美而变得清丽委婉。在崇州，陆游每天去罨画池散步。春日的湖景，是万种生灵竞美的舞台，陆游在《暮春》一诗中有生动描绘：

忙里偷闲慰晚途，春来日日在东湖。
凭栏投饭看鱼队，挟弹惊鸦护雀雏。
俗态似看花烂漫，病身能斗竹清癯。
一樽是处成幽赏，风月随人不用呼。

罨画池其实不太大，和江南的很多名园相比，也不见得更精致奇特。然而它却有独特的好处，园虽小，却因湖波清朗而给人开阔之感，园中林木蓊郁，古气森然，让人怀想历史。最迷人处，是它的天然环绕，可一任生灵在园林中自由翔游鸣唱，一年四季，一天四时，会看到全然不同的新鲜景致。即便是黄昏或夜晚，陆游也会来园里踱步静坐，心情好，暮色也有诗意。他曾在一次黄昏散步时写成《晚步湖上》：

云薄漏春晖，湖空弄夕霏。
沾泥花半落，掠水燕交飞。

小倦聊扶策，新晴旋减衣。
幽寻殊未已，画角唤人归。

陆游常常邀友同游，在罨画池边喝酒吟诗。一次酒过三巡，陆游在微醺时写《池上醉歌》：“我欲筑化人中天之台，下视四海皆飞埃；又欲造方士入海之舟，破浪万里求蓬莱。……横笛三尺作龙吟，腰鼓百面声转雷。饮如长鲸海可竭，玉山不倒高崔嵬……”这时的陆游，有点太白醉酒的姿态了。

然而陆游绝不是醉生梦死的酒徒，大多数时间，他是清醒的。他也没有迷醉在温婉的湖光里，忘记了内心深处的苦痛。和杜甫一样，在草堂悠闲安宁的生活中，仍然为国事民生伤怀，写出《茅屋为秋风所破歌》这样的诗篇。当秋风掠过罨画池，卷起满园枯叶，陆游也忧上心头，他的七律《秋声》，道出了心中的牵挂和焦虑：

萧骚拂树过中庭，何处人间有此声？
涨水雨余晨放闸，骑兵战罢夜还营。
闲凭曲几听虽久，强抚哀弦写不成。
暑退凉生君勿喜，一年光景又峥嵘。

酷暑过去，凉风拂面，陆游觉得并不可喜，因为一年又匆匆过去。壮志未酬，理想遥远，大自然季节的交替，更令人哀叹人生的急迫。也是写在罨画池的另一首《秋思》中，陆游心中的家国忧思表达得更为强烈：

烈日炎天欲不禁，喜逢秋色到园林。
云阴映日初萧瑟，露气侵帘已峭深。
衰发凋零随槁叶，苦吟凄断杂疏碪。
雁来不得中原信，抚剑何人识壮心！

陆游在罨画池畔写了三首《秋思》，都是相似的心境。面对落叶秋风，感慨岁月流逝而壮志难酬。他在诗中一声声叹息："白首有诗悲蜀道，清宵无梦到钧天。""天涯又作经年客，莫对青铜恨鬓丝。""无处逢秋不黯然，驿前斜日渡头烟。"这样的诗句，既凄楚，又无奈，是陆游当时心境的真实流露。

陆游在崇州，当然不会把自己关在罨画池足不出户。崇州的山山水水，都留下了他的足迹。他不仅寻山问水，发现很多美妙的风景，还访问乡民，对当地的民俗风情做了考察。崇州的生活，使他诗兴大发，当时写的大量诗作，记下了他的所见所闻所思。这也和杜甫当年在草堂的生活颇为相似。陆游在崇州写的诗作，和杜甫的草堂诗篇，常有异曲同工之妙。他们所接触的一切物象，无论雅俗，都能入诗。川菜、薏米、巢菜、新鲜蔬果，都出现在陆游的诗中。在今日的崇州饭店里，还有不少据传是陆游喜欢或创造的佳肴。陆游诗中的美食，不是豪门官府宴席上的大餐，大多是民间的家常便饭。陆游的崇州诗篇中，有一首《野饭》，记一次山乡野餐，很可一读：

薏实炊明珠，苦笋馔白玉。
轮囷斸区芋，芳辛采山蔌。
山深少盐酪，淡薄至味足。
往往八十翁，登山逐奔鹿。
可怜城南杜，零落依涧曲。
面余作诗瘦，趋拜尚不俗。
病夫益倦游，颇愿老穷谷。
是家吾所慕，食菜如食肉。
时能唤邻里，小瓮酒新漉。
何必怀故乡，下箸厌雁鹜。

诗中的食物，都是山林草蔬野味，陆游视若珍宝，明珠白玉，芳辛味足。这样的野饭，是人和自然的交融，陆游甚至因此暂忘宠辱，生出“何必怀故乡”的念头。

陆游第一次在蜀州待的时间不长，年头初到，年尾就调任嘉州。但陆游把家眷都留在了蜀州。到嘉州后，陆游对蜀州心心挂念，如游子牵记故乡。嘉州在岷江下游，蜀州在岷江上游，陆游思念罨画池、牵挂家人的情思逆江而上，飞回蜀州：

《雨夜怀唐安》
归心日夜逆江流，官柳三千忆蜀州。
小阁帘栊频梦蝶，平湖烟水已盟鸥。
萤依湿草同为旅，雨滴空阶别是愁。
堪笑邦人不解事，区区犹借陆君留。

离开蜀州后，罨画池成了陆游魂牵梦绕的记忆。他写过两首《秋日怀东湖》，都是文情并茂的佳作：

《秋日怀东湖》之一：
小阁东头罨画池，秋来常是忆幽期。
身如巢燕临归日，心似堂僧欲动时。
病思羁怀惟付酒，西风落日更催诗。
故名岁暮常多感，不独当年宋玉悲。

《秋日怀东湖》之二：
罨画池边小钓矶，垂竿几度到斜晖。
青苹叶动知鱼过，朱阁帘开看燕归。
岁晚官身空自闵，途穷世事巧相违。
边州客少巴歌陋，谁与愁城略解围？

在陆游的蜀州诗篇中，有不少怀人的篇章，有一个名字，反复出现在他的诗中：张缜、张季长、张汉州、张少卿，其实都是一个人。张季长是蜀州人，陆游在郑南军队和他相识，两人性情相投，无话不谈，成为终身挚友。陆游到蜀州后，张季长曾从远方赶来看望他，两人在罨画池泛舟品梅，饮酒赏月。分手之后，互相牵挂，书信不断。陆游和张季长的友情，使我联想起杜甫在草堂和他的挚友严武的交往。陆游对友人深挚的情谊，和杜甫也是异曲同工。陆游写给张季长的诗，多达四十余首，只要看一下陆游写给张季长的诗歌题目，就能想象他们之间的情谊：《别后寄季长》《广都道中寄季长》《东村散步有怀张汉州》《后园独步有怀张季长正字》《久不得张汉州书》《六月二十二日夜梦赴季长招饮》《雨夜有怀张季长少卿》《岁暮怀张季长》《五更闻雨思季长》《登山西望有怀季长》……从这些诗题看，陆游对张季长的思念，几乎是时时刻刻存在。这些诗中有很多篇章和佳句，成为怀人古诗中的经典。如《五更闻雨思季长》："展转窗未明，更觉心独苦。天涯怀故人，安得插两羽。"《东村散步有怀张汉州》："忧国丹心折，怀人雪鬓催。房湖八千里，那得尺书来。"书信，在陆游的诗中是一个和友情关联的重要意象，对张季长来信的盼望，读信时的激动，被陆游写得情真意挚，细致入微："故人岷下无消息，尺素凭谁寄断鸿""岷山学士无消息，空想灯前语入微”“故人已到梁州未？尺纸东来抵万金”“平生故人阻携手，万里一书空断肠”“今朝更有欣然处，万里知心一纸书”。在《箜篌谣二首寄季长少卿》中，陆游描绘了一个撼人心魄的细节，半夜，因为思念友人无法入睡，便起床读张季长的旧信：“中夜起太息，发箧觅旧书。尘昏蠹蚀损，行缺字欲无。一读色已变，再读涕泪濡……”古人间的情谊，深挚如此，现代人读来，也许应自叹浅薄。

陆游在四川生活了八年，把四川看作了自己的第二故乡。如果把这第二故乡凝缩在一点，这一点，便是蜀州；凝缩得更小，便是罨画池。陆游离开四川后，蜀州和罨画池是他后半生挥之不去的美妙梦乡。八十三岁的那年岁末，老态龙钟的陆游独自对酒沉吟，岁月的长河，在他眼前缩得很短，离他最近的地方，是蜀州，是罨画池的梅花，他在诗中发出这样的感叹：“蜀州白首犹痴绝，更为梅花赋断肠。”

崇州友人带我走出湖畔亭榭时，雨已停，湖上的雾气也已散尽。漫步在园林深处曲折的小道上，竹枝拽衣，风吹林动，绿荫中传出婉转的鸟鸣。这时，眼里所见，心中所思，全都是陆游诗词的意境。

罨画池是全国重点文物保护单位，崇州友人告诉我，罨画池能成为天下名园，是因为园内外“三位一体”的古建筑，除了罨画池的唐宋园林，还有园中的陆游祠和与此毗邻的文庙。陆游祠，是后人为纪念陆游而建，建筑虽古，祠中陈列的诗词书画，却是现代人对陆游的解读和敬意。文庙是传统的孔庙，始建于明代，重修于清代，陆游住在这里时，还没有它的踪影。不过崇州文庙却是极为稀罕的古建筑，高大的木结构牌楼拱斗，造型繁复精美，其中，竟然没有一根铁钉，全用木榫连接，堪称奇观。在罨画池转了一圈，留在我心中最深的印痕，还是陆放翁的诗迹，他的诗歌意境，复活在生机不衰的古老园林中。

桂湖清风

读过《三国演义》的中国人,都能背诵开篇诗词《临江仙》:

滚滚长江东逝水，浪花淘尽英雄。是非成败转头空，青山依旧在，几度夕阳红。

白发渔樵江渚上，惯看秋月春风。一壶浊酒喜相逢，古今多少事，都付笑谈中。

这首词，写得旷达幽远，豪迈中显出委婉细腻，洒脱中透露凄楚苍凉。饱经沧桑的诗人，以超然脱俗的姿态，将曲折繁杂的历史化为淡然一笑，让人感叹文字的力量。很多人以为这首词的作者是罗贯中，其实不然。罗贯中是引用了明代一位大文豪的作品，他的名字是杨慎。杨慎，字用修，号升庵，他是成都人，也是四川的骄傲，因为四川历史上只出过一位状元，就是这位杨升庵。杨升庵这个名字，也许后人更熟悉一些。

到成都新都，最希望去的地方，是桂湖。这是成都著名的古代园林，也是杨升庵的故居。这里曾留下很多文坛佳话，让人在湖光山色中品味前贤的才华和智慧，倾听历史的美妙回声。

走进桂湖公园，眼前一片青绿，整个天地，都被蓊郁翠碧的枝叶笼罩。这是一条紫藤的长廊，两棵枝干苍老遒劲的老紫藤，连理虬结，攀援爬升，抽枝长叶，繁华盛开，竟浩浩荡荡蔓延成一条长达百米的天然绿廊。如此奇观，可谓天下第一紫藤长廊。据说，这两棵被称为“藤王”的紫藤已经生长了五百多年。据说，这两棵紫藤，是杨升庵亲手种植，是真是假，难以考证。不过，杨升庵童年时在桂湖畔生活时，应该见过这两棵紫藤，说不定还常常坐在紫藤的繁花和绿荫下读书。五百多年，天地沧桑，人事全非，这两棵紫藤，却生生不息，以它们蓬勃旺盛的生命力，生长蔓延成如此壮观的景象。有人说，这是杨升庵的才华和文气，在这两棵紫藤身上彰显。

杨升庵生于书香门第，他的祖父杨春是湖广提学佥事，父亲杨廷和曾任吏部尚书、武英殿大学士。杨升庵少年时代就聪颖过人，传说中颇多趣事。一天，杨升庵在一条小河里洗澡，新都县令从河边路过，杨升庵在河里击水撒欢，视若无见。县令见这顽童不把自己放在眼里，心里恼火，责令他上岸。杨升庵一个猛子游到河心，从水里冒出头来对县令做鬼脸。县令命随从把杨升庵的衣裤挂到河边的树上。杨升庵在河里大喊：还我衣裤。县令笑道：我出一对，你若对得好，便还你衣裤。对不出，光屁股回家。然后道出上联："千年古树为衣架。"杨升庵在水里几乎不假思索地答道："万里长江作澡盆。"县令大惊，知道这孩子非同寻常，赶快从树上取下衣裤，等杨升庵上岸亲自奉还给他。杨升庵十二岁时，曾作《吊古战场文》，其中有警句"青楼断红粉之魂，白日照翠苔之骨"，他的祖父杨春读后，欣喜地称赞："吾家贾谊也"。一天，他的父亲杨廷和陪一批文人朋友观画，杨升庵也跟着一起看。杨廷和随口问儿子："景之美者，人曰似画；画之佳者，人曰似真，孰为正？"要他以诗作答。杨升庵略加思索，立即口占七绝："会心山水真如画，名手丹青画似真；梦觉难分列御寇，影形相赠晋诗人。"一首短诗，竟巧妙地阐述了绘画的境界和艺术的道理，众人无不惊叹。

公元1511年，杨升庵考中状元，那年他二十四岁。这是四川有史以来第一位状元，当然是地方上的一大喜事。当时的蜀王和四川总督亲自登门向杨升庵的祖父杨春道贺，并送来数目巨大的贺银，让杨府建状元牌坊。杨春推辞再三，无奈收下。但杨家没有建牌坊，而是用这笔钱修筑了新都的城墙。新都城墙长五公里，至今仍巍然耸立。在桂湖公园里，能看到一段长八百多米的城墙。这是成都平原上保存比较完整的明代古城墙。在新都人的眼里，桂湖公园里的古城墙，犹如杨升庵的纪念碑。

杨升庵当年考中状元，被授予翰林院修撰之职。他投身政坛，面对的是一个宦官专政的腐败王朝。皇帝明武宗不理朝政，好色昏庸。杨升庵敢于直言，上奏朝廷，提出批评，然而不被理睬。杨升庵在京城郁闷，称病告假回到桂湖。几年后，新皇帝明世宗上台，他又被起用任翰林修撰兼经筵讲官。他有机会经常为皇帝讲解经书，对皇帝的不当作为，他在讲书时引经据典，借古喻今，明确地提出他的看法。诤言逆耳，明世宗也不喜欢刚正的杨升庵，经常借故取消讲书。明世宗的生父没有做过皇帝，明世宗上台后，将自己的生父尊封为“皇父”，这违反了明朝皇统继承的规则，引起朝臣分裂。以杨升庵父子为首的大多数朝臣都反对皇帝这样做。明世宗一意孤行，又尊生父为“恭穆皇帝”，杨升庵又和很多朝臣一起联名上疏劝谏。明世宗非但不理会，还将一些朝臣打入牢狱。杨升庵联络两百多人到皇宫前大哭，以示抗议。“帝益怒，悉下诏狱，廷杖之。”杨升庵被杖两次，遍体鳞伤，死去活来，然后被充军流放到云南永昌卫，一去三十多年，直到七十一岁，病死边地。

皇父的名号，其实无关民生，为这类朝廷的“大礼仪”冒死抗争，以现代人的眼光看，似乎很不值得。但在当时，却是知识分子的一种气节。杨升庵坚持“临利不敢先人，见义不敢后身”，这是他的实际行动，他也为此付出了一生的代价。

然而杨升庵不是腐儒，他的人生并没有就此潦倒。他是诗人，一生用诗讴歌自然，追寻真理，抒发心中的喜怒忧愤，存诗多达两千三百余首，其中很多脍炙人口的佳作。罗贯中写《三国演义》选开篇词，在浩淼诗海中挑中他的词，绝非偶然。他是学者，一生勤读好学，钻研学问，通晓经史哲学、天文地理、金石绘画、生物医药，著述涉猎极广。他的著作，多达四百余种。《明史》本传中对他如此作评："明世记诵之博，著作之富推慎第一。"

桂湖，也因为杨升庵而名声远扬。桂湖的构建，始于唐代，是一个千年古园。到明代，成为杨家的花园。桂湖之名，也从那时开始。桂湖是一个秀美幽静的园林。园中有碧水清澜，湖中莲荷摇曳，湖畔桂树成林，处处可见亭台楼阁和栈桥回廊，自然美景和人工创造在这里融为一体。杨升庵青少年时代在桂湖生活，从京师称病回乡的一段时间，他曾在桂湖畔过了一段安宁悠闲的日子。发配到遥远云南之后，他曾几次历尽艰辛回到家乡，只能小住几日，又重新踏上遥远的旅途，返回云南。在远离家乡的边地，桂湖是他魂牵梦绕的地方。门前的紫藤，园中的桂树，湖里的莲荷，交织在他的梦境中。住在桂湖时，杨升庵曾写过一首赠给好友的诗，题为《桂湖曲》：

君来桂湖上，湖水生清风。
清风如君怀，洒然秋期同。
君去桂湖上，湖水映明月。
明月如怀君，怅然何时辍。
湖风向客清，湖月照人明。
别离俱有忆，风月重含情。
含情重含情，攀留桂之树。
珍重一枝才，留连千里句。
明年桂花开，君在雨花台。
陇禽传语去，江鲤寄书来。

现在读杨升庵的《桂湖曲》，可以想象当年他在这里和知心的朋友雅聚，湖光月色中，清风拂面，花香袭人，这是人生的珍贵境界。朋友离去，在桂湖睹物思人，涌出心头的都是诗篇。桂湖公园中有升庵祠和升庵书屋，都是为纪念杨升庵所建。在升庵祠中，有杨升庵坐像，坐像是一个表情沉静的中年人，以略带忧伤的眼神注视着前来参观的人。坐像背后的墙上，是一幅墨韵酣畅的书法，内容正是那首脍炙人口的《临江仙》：滚滚长江东逝水，浪花淘尽英雄……

和升庵祠一水之隔，有一座黄娥祠。这是为纪念杨升庵的妻子黄娥而建。杨升庵和黄娥夫妻恩爱，却聚少离多，一生都忍受着生离死别的愁苦。杨升庵发配云南，黄娥千里送行。孤身回到桂湖，被刻骨铭心的相思煎熬。黄娥也是诗人，她在桂湖写了不少思念丈夫的诗，这些诗，情真意长，感动了无数人。如《七律·寄外》，写得凄凉悲切：

雁飞曾不度衡阳，锦字何由寄永昌？
三春花柳妾薄命，六诏风烟君断肠。
曰归曰归愁岁暮，其雨其雨怨朝阳，
相闻空有刀镮约，何日金鸡下夜郎？

黄娥思夫的诗词，流传最广的，是《罗江怨》：

青山隐隐遮，行人去也，羊肠鸟道几回折？
雁声不到，马蹄又怯，恼人正是寒冬节。
长空孤鸟灭，平芜远树接，倚楼人冷栏干热。

夫妻间的思念、关怀和离别相思的苦恼，在这首诗中表达得入木三分，深入骨髓。登楼倚栏思念丈夫，温热的身体焐热了冰冷的栏杆，身体冷了，栏杆热了，这样的情景和意象，让人心魂震撼。“倚楼人冷栏干热”，成为千古名句。

桂湖的美景和它所承载的历史，使这座园林成为成都境内一个重要的人文景观。几个世纪以来，很多人到这里寻找杨升庵的足迹，感受五百年来的人间沧桑。曾国藩游访桂湖后，留下一副对联：

五千里秦树蜀山，我原过客；
一万顷荷花秋水，中有诗人。

桂湖的荷塘清波和桂子幽香，很自然地会把人拽入杨升庵的时代，后人眼里所见，也是杨升庵当年眼帘中的景物，睹物思人，也反思岁月荫翳中的种种遗憾。曾国藩在新都时，写了三首吟咏桂湖的五律《题桂湖》，诗中着意描绘桂湖的美景，避开了杨升庵的坎坷遭遇：

遂别华阳国，归程始此赊。
翻然名境访，来及夕阳斜。
翠竹偎寒蝶，丹枫噪暮鸦。
词人云异代，临水一咨嗟。

短城三面绕，浅水半篙寒。
鸟过穿残日，鱼行起寸澜。
秋风楼阁静，幽处天地宽。
平昔江湖性，真思老钓竿。

十里荷花海，我来吁已迟。

小桥通野港，坏艇卧西陂。
曲岸能藏鹭，盘涡尚戏龟。
倾城游女盛，好是采莲时。

张之洞也来过新都，并在桂湖住了一夜。那天夜晚，他一个人在湖畔散步，脑海中思忖着杨升庵波澜起伏、多灾多难的一生，也萦回着他斑斓多彩的诗词文章，百感交集，起了诗兴，写成《秋夜宿桂湖》：

新都名贤相，定策诛群邪。
升庵亦通才，万卷丹铅加。
有园不得归，塞耳礼讼哗。
空第作传舍，后人攀秋花。
过客聊寄帑，故相不为家。
惨淡还幽香，自然渌水涯。
虽非平泉木，固胜拙政茶。
回文何哀怨，金齿日已斜。
名福古难并，多取徒咨嗟。

桂湖园林中，也有现代文人的屐痕。朱自清来桂湖，留下七绝《游桂湖》：

列桂轮囷水不枯，玲珑山馆画争如。
蟠胸丘壑依然在，遗爱犹传张奉书。

朱自清在诗中并没有写到桂湖的荷花，但新都人却把他的《荷塘月色》和桂湖连在了一起。今日的桂湖荷塘畔，可以看到临湖的岩石上刻着四个大字：荷塘月色。

汪曾祺也来过桂湖，并即兴写了一首七绝，写得情景交融，对杨升庵的才情和命运，以及历史的风云诡谲，发出一声沉重的叹息：

桂湖老树发新枝，湖上升庵旧有祠。
一种风流谁得似，状元词曲罪臣诗。

1987 年秋天，八十三岁的现代文学大师巴金回故乡，成都为之轰动。中秋节那天，巴金和四川的几位文坛老友，沙汀、艾芜、马识途和张秀熟，相约在桂湖雅聚。久别重逢的老朋友相见，悲喜交集，说不完的肺腑之言。杨升庵的故居中，回荡着现代文人的动情的笑声。马识途曾写《桂湖集序》记其盛况：

丁卯之秋，八月既望，老作家巴金回川重访故里，八三老人终如夙愿。与同龄老作家沙汀、艾芜，暨川中耆宿九三老翁张秀熟，欢聚于桂湖，再聚于锦城，怡如也……人生不相见，动如参与商，老年始一聚，鬓发各已苍。虽无阳澄肥蟹，松江鲈莼之美，亦无山阴兰亭曲水流觞之盛，然而金风送爽，天朗气清，馨香有桂，傲霜有菊，列坐其间，或游目神驰，饱餐秀色；或话别兴杯，纵谈沧桑，诚亦不知老之已至也。斯乃文林盛事，不可无记……

“五老雅聚”的“文林盛事”，在桂湖的历史中留下了浓墨重彩的一页。我想，巴金和他的朋友们选择在这里相聚，也是对家乡先贤的致敬吧。杨升庵若是地下有知，看到五百年后的文学家在他的故园畅叙世情、纵论文学，定会于冥冥之中会心一笑。

桂湖“五老雅聚”中的一老，小说家艾芜，是新都人，当年以小说《南行记》蜚声文坛，也奠定了他在现代文学史上的地位。青年艾芜不畏艰险的南行之旅，就起始于新都，起始于桂湖。艾芜去世后，家乡人把他埋葬在桂湖畔。走出桂湖公园，穿过大片城市绿地，步入桂湖森林广场，在一片幽静的林子里，我找到了艾芜的墓地。墓碑是一块巨大的岩石，前面有巴金题写的“艾芜之墓”，上面是艾芜的半身雕像，艾芜含着淡淡的微笑，凝视着前方，他的视野中，应该有湖波，有江流，有海浪。墓碑前的地上，是一块纪念碑石，上面铭刻着艾芜生前手书的诗句：

> 人应该像河一样，流着、流着，不住地向前流着；像河一样，歌着、唱着、笑着、欢乐着，勇敢地走在这条充满坎坷不平充满荆棘的路上。

艾芜的诗句，深深感动了我。这诗句，表达了新都文人世代相传的品格：不屈服于多灾多难的命运，执着地追求理想，寻找真理，探求文学的真谛。从杨升庵到艾芜，几代人勇敢追寻的脚印，清晰地镌刻在岁月旅途上，成为新都人引为骄傲的历史。

神游子云亭

小时候的我熟读刘禹锡的《陋室铭》，虽无法悟解其中深意，却能背诵。文章结尾处两句“南阳诸葛庐，西蜀子云亭”，前一句我能理解，那是南阳诸葛亮的书房，刘备三顾茅庐，就是去那里；“西蜀子云亭”，却很长时间不明白是什么地方，但想来也是一个“谈笑有鸿儒，来往无白丁”的风雅之地，是一个书房，“可以调素琴，阅金经，无丝竹之乱耳，无案牍之劳形”。直到上了中学，才知道这子云亭，是汉代文豪扬雄的书房，在今成都郫都区。

近日访问成都郫都区，有了一次寻访子云亭的机会。

车出县城，在宽阔的公路上飞驰，路边到处可见新建的农民住宅，庭院小楼，绿荫覆盖，一派现代新农村的繁荣景象。生活在两千年前的扬雄，和这片土地有什么关系？

扬雄何人？今人知者不多，在中国历史上，却是英名显赫的一代文豪，影响了一个时代，甚至可以说是影响了中国文化的发展，改变了中国人的思想方法。在历史的定评中，扬雄是文学家、哲学家、语言学家，是继孔孟之后的一代大儒，被人称为“西路孔子”。在中国的文学史中，扬雄的名字和他的很多名篇佳作连在一起：《长杨赋》《甘泉赋》《羽猎赋》《河东赋》，都是构思奇丽、文采绚烂的文学名作，在文学领域，他和司马相如齐名，被后世称为“扬马”。这些才华横溢的辞赋，是他年轻时代的作品。中年之后，他仿《论语》而作《法言》，仿《易经》而作《太玄》，精辟地论述了他的政治见解、哲学思想和宇宙人生观。在语言学方面，他搜集并研究西汉的各地方言和奇字，集成《方言》，是今人研究古代方言的极为珍贵的著作。

扬雄尊崇孔子，却并不把孔子看作神，也不认为一切都是“受天命”。他认为孔子能成为一代宗师，是因为善于学习。扬雄说：“孔子，习周公者也。”又说：“仲尼潜心于文王，达之。”孔子是继承了文王和周公的传统，在他的笔下，孔子是凡人，是一个谦虚智慧的学者。对先秦的诸子百家，扬雄在《法言》中有妙论：“庄杨荡而不法，墨晏俭而废礼，申韩险而无化，邹衍迂而不信。”他赞同老子的天道无为而自然，反对迷信，认为“有生必有死，有始必有终，自然之道也”。他认为人性的善恶不是天生的：“人之性也善恶混，修其善则为善人，修其恶则为恶人。”关于学习方法，他有很多卓越的见解：“学者，所以修性也。视、听、言、貌、思，性所有也。学则正，否则邪。”他特别重视验证，认为：“君子之言，幽必有验乎明，远必有验乎近，大必有验乎小，微必有验乎著。无验而言之谓妄。君子妄乎？不妄。”这些论述，充满了智慧，直到今天，还在启迪着现代人。

南北朝诗人鲍照曾写《蜀四贤咏》中，扬雄是蜀地“四贤”之一，另外三贤，是严君平、司马相如、王褒。鲍照在诗中这样赞美扬雄：

良遮神明游，岂伊覃思作。
玄经不期赏，虫篆忧散乐。
首路或参差，投驾均远托。
自我既非我，生内任丰薄。

鲍照在诗中罗列了扬雄的成就，他著述研究，淡泊名利，“不期赏”“忧散乐”，前路参差，一生坎坷，却矢志不渝。扬雄出生寒门，少时家贫。口吃，无法大声流畅地诵读，曾经被人蔑视轻慢。但扬雄并不自卑，他勤奋好学，发奋读书，终于学问冠绝天下，著作四海流传。据说扬雄写《太玄》时，用秃的毛笔堆成了一冢，洗砚的池水变成了墨色。宋人宋京曾作《扬子云洗墨池》：

君不见子云草玄西阁门，一径秋草闲黄昏。
何须笔冢高百尺，墨池黯黯今犹存。

童乌侯芭竟零落，玄学无人终寂寞。
汉家执戟知几年？垂老身投天禄阁。
俗儿纷纷重刘向，思苦言艰动嘲谤。
汉已中夭雄已亡，不教空文从覆酱。
如今却作给孤园，吐凤亭前池水寒。
安得斯人尚可作，会有奇字令君看。

宋京写这首诗时，子云亭已经被“一径秋草”掩盖，扬雄故里一片荒凉景象，但还能看到千年遗存的墨池。诗中提到的天禄阁，是扬雄在宫廷校书之地。当年王莽篡汉，兵乱天下，株连到扬雄。天禄阁曾被追捕扬雄的兵士包围，扬雄不愿受辱，跳楼自尽，幸未丧身，又返回故里，远离喧嚣，埋头著书立说。子云亭，究竟何等模样，今人很难想象了。明代诗人杨慎访问郫县后，曾作七律《郫县子云阁》：

落景登临县郭西，坐来结构与云齐。
平郊远讶行人小，高阁回看去鸟低。
林表余花春寂寂，城隅纤草晚萋萋。
酒阑却下危梯去，犹为风烟惜解携。

读杨慎的诗，可知那时郫县还有一座子云阁，位置在县城之西，正是我此刻去往的方向。那时的子云阁，看来还是一座颇有高度的建筑，登临时居然让杨慎产生“结构与云齐”的感觉，在高楼俯瞰，地面的行人变得很小，鸟雀在比楼阁低的地方飞翔。但这不是一座巍峨坚固的高楼，因为在最后两句中，“危梯”一词，露出了摇摇欲坠的态势。子云阁，今天已了无痕迹。据说，现在那里是一所小学。不知在那里念书的小学生，是否知道扬雄，是否知道子云阁的典故。

扬雄在世时，绝非显贵，他过的是清贫的生活，他的住宅，也是贫寒之地。唐代诗人岑参到郫县拜谒扬雄故里，看到的是寂寥人空的景象，他以一种苍凉的心情，写了《扬雄草玄台》：

吾悲子云居，寂寞人已去。
娟娟西江月，犹照草玄处。
精怪喜无人，睢盱藏老树。

扬雄之后的历代文人，来寻访这位“西路孔子”生活之地，观感和心情，都是差不多的，尽管他的学术成就如日中天，但生前清贫卑微，身后寂寞清冷。宋人邵博来郫县寻访扬雄故里之后，曾写五律《扬雄宅》：

自负天人学，甘居寂寞滨。
却怜载酒客，似识草玄人。

三世官应拙，一区宅更贫。
千年寻故里，感涕独沾巾。

邵博写这首诗，大概也是看到了扬雄故里的贫寒景象，联想到他才华横溢的文才，联想到彪炳千秋的学问，两相对照，失去了平衡，于是涕泪沾巾。

清人黄云鹄也写过七律《扬子云故里》：

道过子云居，吊古一停轸。
题碑曰大儒，两字实平允。
著书甘覆瓿，志为后贤引。
《法言》如弗作，独善意何忍？
大醇许荀同，草玄聊自隐。
后儒持论苛，前哲虞道陨。
温公宋作人，景仰意无尽。
《潜虚》仿玄作，群儒无甘哂。

黄云鹄在诗中没有多花笔墨描绘扬雄故里的景象，只是评论了碑文上“大儒”两字，认为写得“平允”。何为“平允”？是公平恰当的意思。诗中的大部分内容，是以事实证明扬雄作为“大儒”的合理——他的著述，他的思想，他的品格，都无愧于这个评价。

没有找到扬雄故里，却先找到了扬雄的墓地。扬雄墓，是田野中一个野草丛生的荒丘，没有古柏森森，没有亭台碑廊，更没有石兽护佑的神道。土丘上树木杂长，荒草萋萋，让人感受岁月的无情和人世的沧桑。我发现，荒草丛中，有星星点点的色彩迎风闪动，那是烂漫盛开的野花。墓前有红砂石墓碑，碑上刻隶体红字：西汉大儒扬子云先生之墓。这墓碑，一看便是现代人的凿刻。令我惊奇的是，墓碑上居然拦腰缚着一根鲜红的绸带。墓碑上缚红绸带，不知是何种习俗，大概也是扫墓者的创造。不过这红绸带，还是让我有几分欣慰的感觉。尽管古冢荒凉，但还是有人造访，扬雄还被人记着。我绕着墓冢走了一圈，四周只见野树和荒草，一群飞鸟在林中盘旋鸣唱，为这寂寥之地带来生灵的活力。

子云亭呢？子云亭在哪里？清代，子云亭还在，清人金城来郫县后曾写七律《子云亭》：

江汉汤汤独炳灵，郫筒千载尚名亭。
花迎问字人来径，车满新醅客到庭。
修竹犹栖堂上凤，童乌已识案中经。
至今投阁遗余恨，寒夜空来腐草萤。

读这首诗，能感受当年子云亭附近的盛况，诗人在这里寻觅扬雄的屐痕，想象他问字写作的情景。清代的子云亭，如今大概也已无迹可寻。就在我东张西望期待眼帘中出现子云亭时，我们的汽车在一片漂亮的农民新村前停下来，成都的朋友告诉我，这里，就是扬雄故里。此地是郫都区的友爱镇农科村，据说是国内最早开创“农家乐”旅游的地方，农民在自己的宅院里盖起一栋栋式样别致的小楼，招待城里来的游客，让他们住下来，体会农家生活的乐趣。据说中央电视台也来这里拍过新闻。然而，这和古老的扬雄故里，有什么关系呢?

在农科村的宽敞的迎宾大道旁，我远远看到一块深红色的标语牌，上面密密麻麻写着不少字。我想，标语牌上会写些什么，难道是招徕游客的广告口号?走近一看，上面的文字竟是扬雄《法言》四则，原文之后，还有现代汉语的解释：

“正国何先？曰：躬工人绩。”

释文：治理国家以什么为先？答曰：自身勤勉成功，他人效法，才能治理国家出成绩。

“君子为国，张其纲纪，谨其教化，导之以仁，则下不相贼。莅之以廉，则下不相盗。临之以正，则下不相诈。修之以仪，则下多德让，此君子之所当学也。”

释文：君子治理国家，要颁布治国大纲，施行教化，用仁义引导他们，百姓就不会互相残杀；用廉洁来督察他们，百姓就不会偷盗；用正道来管理他们，百姓就不

会欺诈；用礼仪来修养他们，百姓就会树立美德，互相礼让。这是君子应该学习的。

“君字惟正之德。荒乎淫，拂乎正，沉而乐者，君子弗听也。”

释文：君子只听正声雅乐，荒淫的，背离正声的，沉溺于逸乐的，君子全都不听。

“为政日新。或人敢问日新。曰：使之利其仁，乐其义，厉之以名，引之以美，使之陶陶然之谓日新。”

释文：为政要日日有新。有人问什么是日日有新。回答说：使众人以仁为利，以义为乐，以名誉激励他们，以美德引导他们，使他们感觉快乐满足，这就是日日有新。

这块标语牌，一下子凸显出此地和扬雄的关系。这里的村民，还记得两千年前的这位了不起的先祖，以他为荣，还想着传播他的思想和学问。沿着迎宾大道往里走，经过问字亭，亭前有石牌坊，两边石柱上刻着一副对联：“文如司马盖五岳，德效仓颉益千秋”。扬雄在子云亭读书做学问，也到民间搜集古字。常常有人来找他问字，对那些已经不为人识的古字，扬雄有自己的考证和解释。

往里走，处处可见和扬雄有关的建筑，如子云桥、羽猎亭、草玄亭、洗墨池、扬雄苑。洗墨池中，一池碧水，游鱼悠闲。扬雄苑中有一条迂回曲折的“子云廊”，廊下有浮雕，有石刻，浮雕上雕着传说中扬雄的故事，黑色的花岗石上，刻着扬雄的名赋妙句。草玄亭前，有一座扬雄的花岗岩雕塑，雕塑的扬雄不是瘦弱书生的形象，而是一位气宇轩昂的美髯公，他手持竹简，端坐在地，举目凝思，让人肃然起敬。这里的一切，虽都是现代人的作品，但营造出一种古朴的气息，把人引进了扬雄的世界。

扬雄曾写《逐贫赋》，赋中抒发了他的人生态度：“不汲汲于富贵，不戚戚于贫贱。”他大概不会计较自己的墓地是否显赫，他也不会企望砖木的子云亭在人间高耸千年；身后之事，多为虚幻浮云，并不重要。时隔两千年，他的名字仍能被子孙后代记得，并让他们从他的文字中汲取智慧和精神营养，这才是值得欣慰的事情。

扬雄苑中，有三棵千年古银杏，其中最年长的一棵，据说已有两千二百多年，比扬雄的时代还早了将近两百年。如真是如此，那么，这棵古银杏，当年也许曾在扬雄的视线之中，它的树荫也许曾在酷暑中为扬雄投下一片清凉，它的果实也许曾为扬雄充饥……古银杏树身苍老而挺拔，千年枝干上，嫩叶青翠，生机盎然。古老和新生，竟然在古树身上如此自然地融合为一体。

从琴台到慧园

到成都，总想看看古琴台，那是司马相如弹琴的所在，附丽着美妙的传说。

说到琴台，想起了司马相如的《琴歌》，当年司马相如和卓文君第一次相见，司马相如在酒宴上弹琴吟唱，以一曲《琴歌》打动了卓文君的芳心。

《琴歌》其一：

凤兮凤兮归故乡，遨游四海求其凰。

时未遇兮无所将，何悟今兮升斯堂！

有艳淑女在闺房，室迩人遐毒我肠。

何缘交颈为鸳鸯，胡颉颃兮共翱翔！

《琴歌》其二：

皇兮皇兮从我栖，得托孳尾永为妃。

交情通意心和谐，中夜相从知者谁？

江湖四十餘年夢
豈信人間有蜀州

陸放翁夏日湖上詩中句

壬辰六月趙麗宏書

赤日炎天欲不禁喜逢秋色到
園林雲陰映日初蕭瑟霞氣
侵簾已峭深衰鬢凋零隨
橘葉苦吟淒斷雜疏碪雁
來不得中原信撫劍何人
識壯心

陸游秋思 壬辰夏 趙麗宏書

双翼俱起翻高飞，无感我思使余悲。

这二首《琴歌》，情感真率，挚切奔放，以现代人的眼光来看，也是性情自由开放的诗篇。第二首《琴歌》中，“中夜相从知者谁”，似是私奔的暗示。出身豪门的卓文君不顾父母反对，真的与司马相如私奔，到成都开一个小饭馆恩爱度日。文君当垆，相如打杂，虽然日子过得清苦，但没有什么比夫妻恩爱更美好了。这也是历史上流传最广的爱情故事之一。

司马相如是汉代的大才子，他写的辞赋才华横溢，在当时无人能匹敌。扬雄读相如赋后惊叹:“长卿赋不似从人间来，其神化所至邪！”班固、刘勰称司马相如为“辞宗”，很多学者称他为“赋圣”。司马迁写《史记》，为文学家立的传只有两篇，一篇是《屈原贾生列传》，另一篇就是《司马相如列传》，可见司马相如在太史公心目中的重要地位。鲁迅在《汉文学史纲要》中说:“武帝时文人，赋莫若司马相如，文莫若司马迁。”鲁迅如此评价司马相如的辞赋:“不思故辙，自摅妙才，广博宏丽，卓绝汉代……其为历代评骘家所倾倒，可谓至矣。”

司马相如的才华如日中天，当然不会被埋没在一个小饭店里。即便在饭店打杂，他还是众目睽睽的明星。他写的辞赋天下传诵，他的琴艺也名传八方。我相信，司马相如的琴艺，一定和他的文才一样出色。当年的成都城里，能听到司马相如的琴声，是一种荣幸。只要琴声响起，琴台周围便会集聚起很多人。人们静静地倾听，沉醉在司马相如的琴声中。梁王曾慕名请司马相如作赋，司马相如为他写《如玉赋》，辞藻瑰丽，气韵非凡，梁王大喜，以珍藏的名琴“绿绮”谢赠。相如得“绿绮”，如遇知音，每抚琴拨弦，妙音飘旋，天地为之屏息。当年的琴台，有这样的琴师，有这样的琴音，也是人间的奇景。

司马相如弹琴的琴台，如今在哪里呢？年代相隔太久，岁月风沙湮没了无数历史的痕迹。相如琴台，现在其实也已经无迹可寻。千百年前，琴台的遗址就已废弃在荒草丛中。南北朝的诗人萧纲曾写过《登琴台》：

芜阶践昔径，复想鸣琴游。
音容万春罢，高名千载留。
弱枝生古树，旧石染新流。
由来递相叹，逝川终不收。

萧纲踏着被野草覆盖的台阶，登上古琴台，眼前一派荒凉景象，司马相如当年在这里弹琴吟诗的优雅，只存在于诗人的想象之中了。初唐诗人卢照邻也写过《相如琴台》：

闻有雍容地，千年无四邻。

园院风烟古，池台松槚春。
云疑作赋客，月似听琴人。
寂寂啼莺处，空伤游子神。

卢照邻诗中的相如琴台，也是一个寂寞清冷的地方，诗人凭借着浪漫的联想，把古时的琴台主人和听众请回到诗中，司马相如在诗中是来去无踪的云，而集聚在琴台畔听琴的人，是一片寂静无声的月光。只有一片清幽中的鸟鸣，似在怀念当年的琴台主人。

杜甫在成都草堂居住时，遍访周围的人文古迹，相如琴台，当然是他寻访的目标。他访问古琴台后，以《琴台》为题写五律，成为吟咏相如琴台的诗篇中最脍炙人口的一首：

茂陵多病后，尚爱卓文君。
酒肆人间世，琴台日暮云。
野花留宝靥，蔓草见罗裙。
归凤求凰意，寥寥不复闻。

杜甫在古琴台想象着司马相如和卓文君当年的生活，他认为司马相如开酒店自有品尝世俗生活的乐趣，而在琴台弹琴，则是他思念卓文君，向她表达爱意的方式。琴台前的野花蔓草，使杜甫想到了卓文君脸上的靥饰和飘逸的长裙。然而司马相如当年为卓文君唱的那一曲琴歌“凤求凰”，恐怕是永远也无法再听到了。

司马相如和卓文君的情感，也曾出现过危机。据传，司马相如和卓文君成婚后不久，就被召去长安做官，一去便无消息。卓文君忍受着相思到煎熬，度日如年。五年之后，才收到了司马相如的一封信。此信简短，犹如天书，信中是十三个数字：“一二三四五六七八九十百千万”。聪明的卓文君一眼就看出了此信的含义，所有的数字都有了，唯独缺“亿”，无亿，无意也。卓文君既伤心，又生气。她写了一封回信，表达自己的情感，十三个数字，依次嵌在诗中：

一别之后，二地相悬，只说是三四月，又谁知五六年。七弦琴无心弹，八行书无可传，九连环从中断，十里长亭望眼欲穿。百思想，千系念，万般无奈把郎怨。

万语千言说不完，百无聊赖十依栏，重九登高看孤雁，八月中秋月圆人不圆，七月半烧香秉烛问苍天，六月天别人摇扇我独心寒，五月石榴如火偏遇阵阵冷雨浇花端，四月枇杷未黄我欲对镜心意乱，忽匆匆，三月桃花随水转；飘零零，二月风筝线儿断。噫！郎呀郎，巴不得下一世你为女来我为郎！

司马相如收到卓文君的这首数字诗，感叹妻子的机智和才华,也被她的深情感动。收到信后,便赶回成都与妻子相会,夫妻恩爱如初。我想,这样的传说,大概是民间的创作,司马相如以数字给妻子写信,如同现代密码,绝无可能,卓文君的回信,也不像是两千年前汉代女子的口吻。民间出现这样的创作,其实也是因为对这两位历史人物的喜爱。两千多年来,司马相如和卓文君一直是成都人津津乐道的历史人物,他们的故事,他们的文章,他们生活过的场所,都是成都人念念不忘的话题。

司马相如的琴台遗址,究竟在何处?因年代久远,难以确定。只要高处地面的土丘,都有可能被人猜测为古琴台。追寻琴台的过程,也是颇有意味的事。宋代诗人宋京,曾在诗中记录过一处琴台遗址上的考古发现,今天读来仍让人兴致盎然。这首诗题为《琴台》:

君不见成都郭西有琴台,长卿遗迹埋尘埃。
千年免为狐兔窟,化作佛庙空崔嵬。
黄须老人犹记得,昔时荒破樵苏入。
锄犁畏践牛脚匀,古瓮耕开数逾十,
乃知昔人用意深,瓮下取声元为琴。
人琴不见瓮已掘,唯有鸟雀来悲吟。
一朝风流随手尽,况复千年何所讯?
安得雄词吊汝魂,寂寞秋芜耿寒磷。

诗中记了这样一件事，人们在相如琴台上耕翻土地时，发现地下埋着几十口大瓮。琴台下埋瓮，用意为何？当时人们判断，这是古人为了提高音响效果，在地下埋瓮，可以使琴声共鸣。在地下埋空瓮，能因古琴的微弱之音而共鸣，匪夷所思，这也是诗人的想象力所致。据后来的考古学家考证，出土空瓮的墟台，其实并非琴台，而是古时的一座废窑，出土的大瓮，是汉代烧制的井圈。

在成都，我找到了琴台路，相传这一带就是古时司马相如的宅第，当年的酒肆、琴台，都在这里。现代人无法穿越时空回到汉武帝的时代，两千多年前的成都是什么样子，无法知道。但天还是这片天，地仍是这片地，走在琴台路上，环顾周围的仿古建筑，心想着两千多年前的种种传说，还是能感受浓郁的历史氛围。街边楼房的青砖黑瓦和飞檐斗拱，墙上镶嵌的浮雕汉砖，都在叙说历史。汉砖的图像，再现着古人的生活场景：宴饮、歌舞、出巡、射猎……司马相如和卓文君的身影，就隐藏在汉砖的图像中。琴台路的尽头，耸立着一座司马相如和卓文君的大型雕塑，雕塑是现代的风格，司马相如专心抚琴，卓文君在他身边翩然起舞，甩出的裙带飘舞在天，在两个人头上环绕成一道彩虹，彩虹中，有一对凤凰相对凝视，展翅欲飞。这正是司马相如《琴歌》中“凤求凰”的意境。

离开琴台路，走进了路对面的百花潭公园。公园大门正对着“凤求凰”的雕塑。百花潭公园是一个林木葱茏、花树茂盛的园林，公园里，有好几个盆景园，其中有慧园。建慧园，是为了纪念现代作家巴金，庭园根据巴金小说《家》中的川西民宅风格而设计。慧园的名字，来源于《家》的主人公觉慧。慧园门口有一块太湖石，石上是巴金的好友冰心的题词：“名园觉慧”。门楣上“慧园”二字，是启功题写。慧园的历史虽然不长，却是能把人引入现代文学的一个迷人的花园。慧园里有一个牡丹厅，里面有“世纪巴金”的图片展。巴金是我敬仰的前辈作家，在上海，我曾和他有过很多交往。巴金和我谈起过他的家乡成都，他说他的小说都是写家乡的故事，一辈子也写不完。他曾在赠我的书上题写这样两句话：“写自己最熟悉的，写自己感受最深的。”这是他对自己创作经验的总结，朴素，真实，深刻。巴金年轻时就远离家乡，后来一直住在上海，但家乡的风土人情，一直珍藏在他的心中，萦绕在他的梦里。在慧园展出的照片中，我看到了巴金参观慧园的情景。1987 年，巴金重返故乡，来到了百花潭公园。在慧园，他触景生情，思念着远去的亲人。他说：“我希望能和大哥、三哥在慧园相聚。”我在照片中看到了巴金和家乡朋友们的合影，沙汀和艾芜坐在他身边，老朋友相见，说不完的心里话。

漫步慧园，能感受成都老百姓的日常生活，有人扶老携幼在花园里散步，很多人为看巴金的图片展览而来。园内的茶室里,不少人在喝茶聊天。茶桌后面的走廊墙壁上,就是“世纪巴金”的图片展，照片中的巴金正面含微笑，注视着这些在他身边喝茶说笑的乡亲……

从琴台到慧园，从古代到现代，从司马相如到巴金，文学的气韵在这里一脉相承，息息相通。这样古今相通的文学气韵，让我感动。

失路入烟村

中国的现代作家，能称得上书法家的，首推鲁迅先生，他的书法风格厚重高古，有魏晋之风。茅盾先生的字也独具风格，他的书法清秀峻拔，发展了宋徽宗的“瘦金体”。除了这两位，还有郭沫若、沈从文和台静农等人。郭沫若是才子，他的书法从前备受推崇，地位极高，他写得也多，到处可以看见他的题词墨迹。但看得眼熟了，觉得“郭体”似乎没有鲁迅书法苍老的风骨，也少一点茅盾书法的峻秀，所以也有人说他的字盛名难副。沈从文曾经像隐士一样被很多人忘记，中华人民共和国成立后他几乎不再写文学作品，字却越写越好。他没有把自己看成书法家，只是喜欢用毛笔写字。他常常在一些古旧的宣纸上抄古诗，自得其乐。现在很多人都知道了沈从文的书法，他的字文雅内敛，不张狂，不浮躁，一如这位文学大师的为人。

我是从老诗人曹辛之那里了解沈从文书法的。曹辛之是沈从文的好友，二十世纪七十年代初，他们两家住得不远，常常来往。沈从文新写了字总喜欢拿到曹辛之家里给他看，也常把自己写得满意的字送给曹辛之。沈从文去世后，曹辛之发现自己竟有了数十张沈从文的字。曹辛之是中国书籍装帧界的泰斗，也是很有造诣的书画家，他曾亲手把沈从文写在一批清宫御用彩色蜡笺上的章草裱成长卷。听说我喜欢沈从文的字，他把那个长卷借给我带回上海，让我欣赏了大半年。第二年我去北京把沈从文的书法长卷还给曹辛之时，他欣然一笑，说："我以为你不想还我了呢！"说罢，拿出家里所有的沈从文书法，让我仔细欣赏，并且一定要我从中挑选一幅。曹辛之认为沈从文的大字草书写得好，而我却更喜欢沈从文写的章草小字。我选了沈从文用小字抄录李商隐诗歌的一幅作品。这是十多年前的事情了，曹辛之先生也已经作古多年。看到那幅沈从文的书法，使我常常怀念这两位值得尊敬的文坛前辈。

现在，我的书房里挂着两幅书法，一幅是书法家周慧珺写的老子《道德经》片段，另一幅便是沈从文抄录的《玉溪生诗》。沈从文的书法就挂在我的书桌上方的墙上，从电脑的屏幕上抬起头来，视线便落在沈从文的字上。那是一张一米多长的横批，写的是每字二厘米见方的小字，抄了李商隐长长短短共八首诗，有五绝、七绝，更多的是五言古诗。八首诗，加上边款，有五百余字。因为就在眼前天天看见，所以便看得格外仔细。沈从文抄李商隐的这些诗是在1976年春天，他在署名和边款上这样写:“试一手《千金帖》千字文法书李商隐诗，笔呆求宕，反拘束书法内，不能达诗中佳处，只是当不俗气而已。沈从文习字。时七六年春寒未解冻日。”八首诗多选自《玉溪生诗选》，它们是《赠宇文中丞》《晓起》《杏花》《灯》《清河》《袜》《追代卢家人嘲堂内》《代应》。我查阅了《玉溪生诗选》，八首诗是无序地从诗集中选录的。这些诗，都不是李商隐的名作，沈从文选这些诗抄录，是否有什么含义在其中呢?

第一首七绝《赠宇文中丞》:“欲构中天正急材，自缘烟水恋平台。人间只有嵇延祖，最望山公启事来。”这首诗耐人寻味。1976 年春天，“文革”尚未结束，那是“春寒未解冻之日”，沈从文的日子并不好过，他们夫妇俩和女儿蜗居在小羊宜宾胡同的一间小屋里，大小便还要走到街上的公共厕所里去。小小的房间里只有一张桌子，一家人吃饭，工作，都要用这张桌子，沈从文要写字，必须等桌子空闲之后。就是在这样简陋的环境里，沈从文完成了巨著《中国古代服饰研究》的编著。抄写“最望山公启事来”这类诗句时，生活在窘迫艰辛中的沈从文似乎有所期盼。第二首《晓起》:“拟杯当晓起,呵镜可微寒。隔箔山樱熟,褰帷桂烛残。书长为报晚，梦好更寻难。影响输双蝶，偏过旧畹兰。”李商隐在诗中描绘的情景，是否使沈从文联想起自己在动乱年代的生活?而第四首《灯》,也颇符合沈从文当时的生态和心态:“皎洁终无倦，煎熬亦自求。花时随酒远，雨夜背窗休。冷暗黄茅驿，喧明紫桂楼。锦囊名画掩，玉局败棋收。何处无佳梦，谁人不隐忧。影随帘押转，光信簟文流。客自胜潘岳，侬今定莫愁。固应留半焰，回照下帷羞。”这样的意境，使我联想起沈从文后半世的生活情状和人生追求。处浑浊而洁身自好，难免经受种种煎熬，在孤寂中如果能变成一盏幽灯，即便只剩下半簇火焰，也能烛照一方，驱散周围的黑暗。对一个坚守着理想的文人来说，有什么比喻能比一盏皎洁的幽灯更妥帖呢？第三首《杏花》：“上国昔相值，亭亭如欲言。异乡今暂赏，脉脉岂无恩？援少风多力，墙高月有痕。为含无限意，遂对不胜繁。仙子玉京路，主人金谷园。几时辞碧落，谁伴过黄昏？镜拂铅华腻，炉藏桂烬温。终应催竹叶，先拟咏桃根。莫学啼成血，从教梦寄魂。吴王采香径，失路入烟村。”在李商隐的诗歌中，这样的作品并不算出色。使我难忘的是最后那两句，吴王采花，迷失在花团锦簇的园林中，虽是迷路，却迷得有诗意。这也让人很自然地想起沈从文的下半生，他放弃了心爱的文学，把才华和精力投入对古代服饰的研究，当然，还有书法。说是“失路”，其实是找到了一条充满智慧和情趣的通幽之径。第五首《清河》：“舟小回仍数，楼危凭亦频。燕来从及社，蝶舞太侵晨。绛雪除烦后，霜梅取味新。年华无一事，只是自伤春。”第六首《袜》：“尝闻密妃袜，渡红欲生尘。好借嫦娥著，清秋踏月轮。”第七首《追代卢家人嘲堂内》：“道却横波字，人前莫漫羞。只应同楚水，长短入淮流。”第八首《代应》:“本来银汉是红墙，隔得卢家白玉堂。谁与王昌报消息，尽知三十六鸳鸯。”这几首诗也许是无意识的选择，诗中的只字片言可能引起了沈从文的共鸣，使他触景生情，顾影自怜，或是回忆起一段往事，或是念及某位友人。我知道，这其实是无法妄加揣测的，任何联想都只能是一厢情愿的猜测而已。不过，可以感觉的是，这些诗的意境，大多带着几分惆怅，带着几许失落，带着几丝隐忧，也蕴含着一些朦胧的期待。李商隐当年写这些诗时，不会是无忧无虑，更不会志得意满。这样的意境，引起身处逆境的沈从文的共鸣，实在是很自然的事情。

不过，看沈从文的这幅字，更多时候使我感受到的，是中国文字的优雅和奇妙。我常常想象沈从文当年写这幅字时的情景，在那间狭窄的小屋里，他俯身于那张兼作餐桌的旧桌子，挥舞饱蘸浓墨的毛笔，在宣纸上写出一行行娟秀清丽的字。而窗外，春日的沙尘正在呼啸肆虐，沉浸在笔墨之乐中的沈先生大概是浑然不知的吧。

前些年，我去新加坡参加国际作家节，遇见来自美国的白先勇，我们谈起了沈从文。白先勇认为沈从文是一个真正的智者，能够走过那么动荡多变的险恶岁月，却保持着一个知识分子的独立和尊严。我说到沈从文的书法时，白先勇很兴奋，他认为中国作家中沈从文的字写得最好。1980 年秋天沈从文去美国讲学时，在加州大学圣巴巴拉校区教书的白先勇接待了他，两人谈得很投契。临走时，沈从文为白先勇书写了四张大条幅，内容是诸葛亮的《前出师表》。白先勇告诉我，自那以后，沈从文写的四屏条一直挂在他的客厅里，成为他家里最引人注目，也最令人神往的风景。在白先勇后来赠我的一套自选集中，我看到了他坐在那四屏条前拍的一张照片。果然，那几幅字写得洒脱奔放，自由不羁，和我在曹辛之先生家里见到的那些字大不相同。沈从文书写《前出师表》，是在抄录我书房里那幅《玉溪生诗》的四年之后，对一个七十八岁的人来说，也许是“老夫聊发少年狂”了。我想，这应该是沈从文当时心情的自然流露。

且听先人咏明月

——漫谈中国古代关于月亮的诗篇

在人类的文学宝库中，中国的古典文学是其中的瑰宝，而中国的古诗、中国的唐诗宋词，是这瑰宝中的钻石。我们今天来欣赏古人吟月的诗篇，这些诗篇，只是中国古诗中的沧海一粟。

中国古诗中写到月亮的，不计其数。古代的诗人为什么喜欢吟月？我想，是因为月亮的美丽和神奇。在人类肉眼能观察到的宇宙天象中，月亮是最美妙的——月亮挂在夜空中，阴晴圆缺，亘古如一，神秘而亲近。古人不明白月亮出没变化的科学道理，便编出很多神奇的故事，生发出很多诗意的联想。月亮出现在中国人的诗中，绝不是单纯写景，有人望月思乡，有人咏月抒情，有人借月讽喻，不同的时候，不同的心情，不同的际遇，诗人笔下的月光便有不同的含义。在三千多年的《诗经》中，便已出现写月亮的诗句："月出皎兮，佼人僚兮"（月亮出来那么皎洁明亮，在月下舞蹈的佳人那么美妙动人）。三千多年来，一代又一代诗人用绮丽的想象和斑斓的文笔，把月亮描绘得千姿百态，展示了中国人的浪漫和想象力。

在古诗中，月亮有很多别称，譬如“夜光”（屈原：夜光何德，死则又育），“玉盘”（苏轼：暮云收尽溢清寒，银汉无声转玉盘），“冰轮”（陆游：玉钩定谁挂，冰轮了无辙），“宝镜”（李朴：皓魄当空宝镜升，云间仙籁寂无声），“玉轮”（李贺：玉轮压露湿团光，鸾佩相逢桂香陌），“玉兔”（辛弃疾：著意登楼瞻玉兔，何人张幕遮银阙），“顾兔”（李白：阳乌未出谷，顾兔半藏身），“蟾蜍”（贾岛：闽国扬帆去，蟾蜍亏复圆），“玉蟾”（方干：凉霄烟霭外，三五玉蟾秋），“桂魄”（苏轼：桂魄飞来光射处，冷浸一天秋碧），“素娥”（周邦彦：纤云散，耿耿素娥欲下），“婵娟”（刘长卿：婵娟湘江月，千载空蛾眉），这些月亮的别称，有些只是留存在古诗中，能引起现代人的联想；有的至今仍在被沿用，譬如“婵娟”和“玉兔”。

吟咏月亮的诗篇多如繁星，但是深想一下，能被人记住、一代代流传，成为有生命的文字的，还是有限的。

古人咏月的诗篇，我以为可以分为三大类：一是纯粹描绘自然美景，我们可称之为“自然的月亮”；二是以月亮为诗的载体，感慨岁月沧桑、时光流逝，也讴歌那些和月亮有关的神话传说和民间故事，尽情驰骋浪漫的想象，我们可称之为“人文的月迹”；三是在月光中怀乡思人，抒发人间的情感，我们可称之为“情感的月光”。这样分，也许并不完全合理，因为，吟月诗中的这三种情况，你中有我，我中有你，很难说哪首诗是纯粹写景，哪首诗是纯粹抒情，这样分类，也是便于我们欣赏吧。

自然的月亮

写景的咏月诗篇非常多，我只能挑选一些有代表性的作品和大家共赏。唐代诗人王维，写过不少脍炙人口的描绘美妙自然的山水诗，其中有很多吟咏月光的名句，譬如：“明月松间照，清泉石上流。”“深林人不知，明月来相照。”“松风吹解带，山月照弹琴。”这些诗句，其实未必通篇写月亮，但其中写到月亮的诗句给人的印象最深，这些诗，尽管只有一两句写到月亮，但我们诵读，能感觉到通篇皆是皎洁明朗的月光。譬如他的《山居秋暝》：

空山新雨后，天气晚来秋。
明月松间照，清泉石上流。
竹喧归浣女，莲动下渔舟。
随意春芳歇，王孙自可留。

王维的这首诗，表达的是一种安宁美妙的心境，拥有了这样的心境，才可能发现大自然如此宁静优美的景色，其中“明月松间照，清泉石上流”，是唐诗中最脍炙人口的妙句之一，已经成为中国人描绘宁静的自然之美的名句。想象一下，银色的月光从松树的枝叶间静静流射下来，照亮了在石滩上流动的泉水，清澈的泉水反射着月光，在天地蜿蜒流动，发出晶莹的喧哗。这是何等优美宁静的景象。

唐代诗人孟浩然，也有一些写月夜景色的诗句，写得清静阔大，如同一幅幅意境幽远的画，让人读而难忘，譬如：“野旷天低树，江清月近人。”“风鸣两岸叶，月照一孤舟。”“秋空明月悬，光彩露沾湿。”

刘禹锡的《望洞庭》，我以为是写月色的诗篇中很出色的一首，诗人在一个明月之夜站在洞庭湖畔遥望，把眼帘中的月下美景写成了一首七绝：

> 湖光秋月两相和，潭面无风镜未磨。
> 遥望洞庭山水色，白银盘里一青螺。

刘禹锡这首诗中描绘的月下湖光山色，令人神往。这是一个无风的月夜，月光静静抚照着洞庭湖，湖面波平如镜，如同一个巨大的银盘。最富有想象力的，是最后一句“白银盘里一青螺”，湖中的小山，就像白色银盘中的一只小小的青色田螺。我们读这首诗，眼前很形象地出现了月光下宁静的湖和山。

中秋之夜，一轮满月静静普照着天下人，哪怕是在喧嚣战乱的时代，也能给人带来几分宁馨。杜甫曾在颠沛流离中过中秋，他在旅途中写了《八月十五夜月》，且看他如何吟月：

满月飞明镜，归心折大刀。
转蓬行地远，攀桂仰天高。
水路疑霜雪，林栖见羽毛。
此时瞻白兔，直欲数秋毫。

杜甫这首诗，写在旅途中，动乱的年代，远离故乡，心情不会愉快。但是，当他看到出现在晴朗夜空中的一轮明月，还是会诗兴大发。在诗中，他没有张扬羁旅思乡之苦，而是细腻地描绘月光之美。一轮满月，如明镜飞入夜空。月亮高悬在天，无法攀登，但皎洁的月光是可以亲近的。这首诗的后面四句，写得浪漫而富有想象力："水路疑霜雪，林栖见羽毛。此时瞻白兔，直欲数秋毫。"月亮照在河流中，河流变成了一条银色之路，路面上似乎铺满了洁白的雪和霜；月亮照在树林中，月光如白色羽毛，在树梢上飘飞。在这样的明朗之夜遥望月宫，清晰得能数得清玉兔身上的毫毛。"瞻白兔""数秋毫"，在杜甫的诗中是难得的浪漫，这样美好的月光，安抚沉静了羁旅游子的心。

唐代诗人李朴的七律《中秋》，也是写月夜美景的佳作。

皓魄当空宝镜升，云间仙籁寂无声。
平分秋色一轮满，长伴云衢千里明。
狡兔空从弦外落，妖蟆休向眼前生。
灵槎拟约同携手，更待银河彻底清。

李朴的《中秋》，把中秋之夜的月色写得有声有色，犹如阔大壮观的画卷。我们可以欣赏这首诗的前面四句：“皓魄当空宝镜升，云间仙籁寂无声。平分秋色一轮满，长伴云衢千里明。”浩瀚广阔的夜空中，月亮像一面宝镜般升起来。万籁无声，似乎连天上的仙乐也因为惊叹美妙的月色而停止了演奏。此时，整个宇宙的主角就是夜空中那一轮皎洁的满月，把无边的天地照耀得一片通明。

其实纯粹写景的咏月诗非常少，所有涉及月色的诗篇，都表达了诗人内心复杂的情绪，我们说“自然的月亮”，只是选取那些描绘了美妙月色的佳句，如果深入分析，都可以发现隐含在月色中的情感和寄托。

人文的月迹

在古人的诗中，月亮是一个含义极其丰富的意象，它代表着缤纷多彩的历史，代表着古往今来的岁月，代表着人类心中奇妙的幻想。李白写过一首题为《把酒问月》的诗，是这类诗中出类拔萃的代表作：

青天有月来几时？我今停杯一问之。
人攀明月不可得，月行却与人相随。
皎如飞镜临丹阙，绿烟灭尽清辉发。
但见宵从海上来，宁知晓向云间没？
白兔捣药秋复春，嫦娥孤栖与谁邻？
今人不见古时月，今月曾经照古人。
古人今人若流水，共看明月皆如此。
唯愿当歌对酒时，月光长照金樽里。

李白的这首诗，使人想起屈原的《天问》，古人对大自然中那些难以解释的神秘现象，有过很多想象。“青天有月来几时？我今停杯一问之。”全诗以问句开场，问茫茫苍穹，月亮是什么时候出现的？没有人能回答这样的问题，诗人的发问，可以引发读者的想象。接下来两句，继续着诗人的疑问：“人攀明月不可得，月行却与人相随。”人无法攀登明月，然而月亮却仿佛永远跟随着人的脚步和目光。现代的流行歌曲中有“月亮走我也走”之类的歌词，说的也是这个现象，但和李白的诗意，完全是两种境界了。后面四句，描绘皓月东升时的美妙景象，并继续着诗人的发问：“皎如飞镜临丹阙，绿烟灭尽清辉发。”月亮升起时，如一面皎洁明亮的镜子飞到红色的宫阙楼顶，等云霞散尽，满世界都流动着月亮的清辉。这里的“绿烟”，是云霞的代称。接着诗人又对天诘问：“但见宵从海上来，宁知晓向云间没？”夜幕降临时，月亮从海中升起，早晨，又隐没在云霞中，它到底从哪里来，又到哪里去？这是千古疑问，没有答案，但常问常新，激发人类的想象。下面的四句，是诗人对月宫景象的遐想和询问：“白兔捣药秋复春，嫦娥孤栖与谁邻？”在中国的神话中，月亮上住着玉兔和嫦娥，嫦娥奔月的故事，中国人都熟悉，李商隐写过《嫦娥》：“云母屏风烛影深，长河渐落晓星沉。嫦娥应悔偷灵药，碧海青天夜夜心。”神话故事中的嫦娥是后羿的妻子，偷吃了灵药，飞到月宫，过着孤独寂寞的生活。关于玉兔，有很多种传说。一种传说，月宫中有兔子，洁白如玉，终年以玉杵捣药，制成长生不老之丹。另一种传说，嫦娥奔月后，触犯玉帝的旨意，于是将嫦娥变成玉兔，每到月圆时，就要在月宫里为天神捣药以示惩罚。还有一种传说更有意思：嫦娥奔月后，后羿和嫦娥陷入相思之苦，后羿为了和嫦娥重逢，设法变成了嫦娥最爱的小动物玉兔来到月宫，可是嫦娥始终不知身边终日相伴的玉兔就是她日夜思念的后羿。李白诗中对嫦娥和玉兔的想象，和李商隐的想象是差不多的，月宫美妙，但那里的生活一定是寂寞孤独的，所以李白发问，孤独的嫦娥，有谁与之为邻？其实这是明知故问，嫦娥的孤独，在寂寞的月宫中永无解脱的可能。后面的几句，是李白的名句："今人不见古时月，今月曾经照古人。古人今人若流水，共看明月皆如此。"明月在空中照耀着人间，这是一种永恒，人的生命一代代衰老更替，但不管是古人还是今人，在相距千百年的不同时刻抬头望夜空，看到的却是同样的一轮明月。这是李白对时空、对生命、对历史的奇思妙想。读着这些诗句，抬头仰望夜空中的明月，现代人也会想，李白当年看见的，也该是这样一轮明月吧。

李白还有一首题为《古朗月行》的五言诗，写于他在京师失意时，以月寄情泄愤，诗中的隐喻，现代人读不出来。这首诗的前面那几句，非常形象地描绘对月亮的想象，也写了与月亮有关的神话传说："小时不识月，呼作白玉盘。又疑瑶台境，飞在青云端。白兔捣药成，问言与谁餐？仙人垂两足，桂树何团团？"这首诗，和《把酒问月》有异曲同工之妙，也是用一个个提问，把读者引入神奇的境界。

飞天登月，是中国人几千年来的梦想，2007年，"嫦娥一号"卫星成功升空绕月飞行，实现了中国人的千年梦想。在中国的古代，不少诗人曾经梦想自己变成飞鸟，梦想能腾云驾雾，乘风飞入太空。飞上天后干什么？当然要看看天堂的景象，要看看月亮上的风光。而这样的风景，全凭诗人的想象。李贺有一首著名的诗，题目就是《梦天》，诗中写的就是天上的奇景：

老兔寒蟾泣天色，云楼半开壁斜白。
玉轮轧露湿团光，鸾佩相逢桂香陌。
黄尘清水三山下，更变千年如走马。
遥望齐州九点烟，一泓海水杯中泻。

李贺是中唐的诗坛奇才，被称为“诗鬼”，他一生抑郁不得志，只活了二十七岁。但他的诗歌是唐诗中一座巍峨峻拔的奇峰。他诗中的悲凉情调，是发自内心的自然流露。生不逢时，人间无望，便幻想飞上天去寻求，天上其实更寂寥虚幻。就如李商隐所咏“嫦娥应悔偷灵药,碧海青天夜夜心”，也如苏东坡所叹“只恐琼楼玉宇，高处不胜寒”。然而李贺因为敢大胆梦想，才写出不朽的诗篇。李贺的《梦天》，从头至尾充满了诡异和怪诞，天宫的景象，在他的诗中并非美妙完美，所有的描绘，都给人凄冷悲凉的感觉。“老兔寒蟾”在灰暗的天色中哭泣，惨白的光芒斜照着半壁月宫。“玉轮轧露湿团光，鸾佩相逢桂香陌”两句，是写天宫的绮丽，玉轮碾过之处，荧光闪烁，每一滴露珠上都映射湿润的月光，仙人们迎面而过，能听到他们身上的玉佩叮当作响，能闻到风中的玉桂清香。对天堂的描绘，也就到此为止。后面四句，是诗人对时空的怀想和感慨，“黄尘清水三山下，更变千年如走马。遥望齐州九点烟，一泓海水杯中泻”。人间的千年万载，在天上只是走马的瞬间，而在空中俯瞰人世，那广袤大地不过是几缕尘烟，浩瀚大海只是天仙的杯中之水，生命是何等渺小。我以为，这首诗中最后那几句，才是真正的绝唱。在地上，在人群中，很难产生如此缥缈阔大的奇想，只有思绪飞升到高天云霄，感觉自己已成天宫的一员，在九霄云外遥望人间，才可能写出这样的诗句。李贺没有飞天升空的经验，但他凭诗人的大胆想象，在一千多年前就有了今天宇航员的视野。这也是诗歌的魅力。

李贺还有一首诗题为《天上谣》，也值得一读：

天河夜转漂回星，银浦流云学水声。
玉宫桂树花未落，仙妾采香垂佩缨。
秦妃卷帘北窗晓，窗前植桐青凤小。
王子吹笙鹅管长，呼龙耕烟种瑶草。
粉霞红绶藕丝裙，青洲步拾兰苕春。
东指羲和能走马，海尘新生石山下。

李贺的《天上谣》，把梦入天宫的景象写得更加具体，更加神奇缥缈、扑朔迷离，一大群神话中的人物出现在他的诗中，有的在采花，有的在种草，有的在吹笙，有的在看风景，他们腾云驾雾，呼龙走马，每个人都在做自己喜欢的事情，是一群张扬个性、自由自在的神仙。李贺写的是月宫中的神仙，其实也是借景抒怀，表达自己对自由和理想生活的向往。

情感的月光

动人的吟月诗，当然不是纯粹写景，而是借月色寄托内心的情感。这种情感，很复杂，人间的喜怒哀乐、悲欢离合，都可能蕴涵其中。在古人诗中，明月是故乡，是亲人，是爱情，是友谊；明月是岁月，是历史，是无所不至的时空；明月是绮丽梦想，是美好愿望，是心灵的无限延伸。有一个外国评论家，在读了中国古人那些咏月诗之后，曾发出这样的感慨："月亮悬挂在中国诗坛的上空。她是人间戏剧美丽而孤寂的观众，一切都在她的注视下，她所观察到的一切隐秘、激情、悲伤和欢乐，都被转化成美妙的比喻和文字，她无声地连接起远隔千山万水的思念。"这样的评论，也在我的心里引起了共鸣。

在明月之夜，远离故乡的游子会被皎洁的月光撩动思乡情怀。李白的《静夜思》,是中国人最喜欢最熟悉的思乡之诗。"床前明月光，疑是地上霜。举头望明月，低头思故乡。"这首诗，流传了一千多年，连三岁的孩童也会吟诵。游子思乡的文字，没有什么作品比这二十个字影响更大了。其实，此类好诗句，在唐诗中俯拾皆是，譬如杜甫的"露从今夜白，月是故乡明”,白居易的“共看明月应垂泪,一夜乡心五处同”,张九龄的“海上生明月，天涯共此时”，王建的“今夜月明人尽望，不知秋思落谁家”，都是能引动无限遐想的动人佳句。

说到这一类吟诵月亮的诗歌，不得不再谈谈李白。我曾经写过一篇散文，题为《李白和月亮》，李白一生作诗无数，他的诗中多少次写到月亮，很难统计。我想，如果以此题目写一篇古典文学的博士论文，也是可以的。李白诗中的月亮，变化多端，常写常新，他诗中出现过无数形、色、义各不相同的月亮。我们看看，李白诗中关于月亮的词汇有多丰富：

明月、朗月、皎月、素月、皓月、白月、弯月、半月、薄月、清月、汉月、晓月、寒月、山月、海月、云月、风月、花月、沙月、湖月、星月、水月、松月、天月、冰月、青天月、石上月……

这些都是出现在李白诗句中的月亮，其中很多属于李白的独创，每个词，都可以引发读者的丰富联想。

李白写月亮，没有一次是单纯的写景，总是和他的处境有关，和他的心情有关，和他的思考有关。前面欣赏的《把酒问月》《古朗月行》《静夜思》,就是如此。李白的吟月诗中，还有一首影响特别大，那就是《月下独酌》。

花间一壶酒，独酌无相亲。
举杯邀明月，对影成三人。
月既不解饮，影徒随我身。
暂伴月将影，行乐须及春。
我歌月徘徊，我舞影零乱。
醒时同交欢，醉后各分散。
永结无情游，相期邈云汉。

李白的《月下独酌》，是一首感情深沉浪漫、意象奇特、极富有想象力的天才之作，可以说是千古绝唱。美酒和明月，是李白一生无法离开的伴侣，它们出现在李白的诗中，变幻无穷，折射着诗人丰富浪漫的情感。

李白是在怎样的情况下写《月下独酌》的？我们可以了解一下他写这首诗的一些历史背景。李白酷爱自由，但他也难免俗，认为以自己的才华完全有资格入朝当高官，实现济世的抱负。但李白不屑于经由科举登上仕途，而希望由布衣一跃而为卿相。因此他漫游全国各地，结交名流，以他的诗歌令无数人钦佩折服，并以此广造声誉。天宝元年(742年)，李白的朋友道士吴筠向唐玄宗推荐李白，唐玄宗读了李白的诗，觉得这样的天才难得，便下诏让李白进京。李白对这次长安之行抱有很大的希望，临行时他给妻子留下的诗《别内赴征》中写道:“归时倘佩黄金印，莫见苏秦不下机。”想象自己实现了济世抱负，衣锦还乡。然而现实和李白的预想完全不同，在长安，他并不如意，唐玄宗只是把他看作一个词臣，认为他只会写几句诗而已，并不重用他，在朝中，他还不断受到权贵的排挤。在长安不到两年，李白就被赐金放还，用今天的话来说,就是“提前退休”。对心高气傲的李白来说，这不仅丢脸，而且是心中梦幻的破灭。《月下独酌》，就写于李白被“赐金放还”之后，也就是在他的卿相梦幻破灭之时。此时此刻，没有人可以倾诉，他感到从未有过的孤独。夜晚，李白一个人借酒浇愁，他觉得，唯有对杯中的酒和天上的月，可以一吐心中的块垒。李白“举杯邀明月”，其实是在宣泄他内心的孤独。读《月下独酌》，我们能走近一颗孤寂而高傲的心灵。

这首诗，是李白在月下独自饮酒时的自吟自叹，作品以常人想不到的念头开场，可以说是奇峰突起，把人带入一个奇妙的情感世界。在花间月下，摆酒自酌，应该是宜人的环境，然而李白却不满足，为什么，因为孤独，身边没有一个至亲好友。于是李白忽发奇想，“举杯邀明月，对影成三人”。举杯向天，邀请明月，月亮、我和我的影子，成了三人，这是前无古人的奇思妙想，是李白的创造。一举杯，明月成伴，一低头，清影相随。从落落寡欢的“无相亲”，到谈笑风生的“成三人”，李白在举手之间顷刻完成，这就是“诗仙”李白所为。“月既不解饮，影徒随我身。暂伴月将影，行乐须及春。”李白虽然请出了月亮与身影做伴，可惜，月亮却远在天边，不能和诗人同酌共饮；影子虽然近在咫尺，但也只会默默地跟随。此情此景，诗人的内心仍然还是孤独和寂寞，只得暂时伴着明月和清影，在这春夜良辰及时欢娱。诗中一个“暂”字，道出了诗人心中的清醒，这样及时行乐，只能是暂时的。下面的诗句，诗人的情绪越来越激昂：“我歌月徘徊，我舞影零乱。”这时，李白似乎已经酒至半酣，渐入佳境，他且歌且舞，和身边的两个酒伴融为一体，头上的月亮仿佛随着他的歌吟飘游徘徊，地下的影子也跟着他的脚步翩然起舞。在写月亮的诗中，这是富有想象力的景象，在诗中，月亮和影子成了诗人孤独中的朋友，举杯对饮，同歌共舞，互诉衷肠。写到这里，好像很热闹，其实，还是难掩诗人心中的孤寂。最后四句，是诗人发自内心深处的感慨：“醒时同交欢，醉后各分散。永结无情游，相期邈云汉。”清醒时我与你们一同分享欢乐，沉醉后便各自分散不见踪影。李白很清楚，只要一醉倒，这个临时的“三人”组合便会烟消云散荡然无存，现实的世界依然孤独寂寞。其实，和月亮和身影这样的无情之物结交，深刻地体现了李白的孤独。李白的一生浪漫多姿，但在那个时代，他还是历尽挫折，饱尝人间的世态炎凉。《月下独酌》这首诗，是他的生活和性格的生动写照。不过李白心胸开阔旷达，现实再严酷，他也不会沮丧绝望。诗的最后两句，便昭显了李白的这种性格。“永结无情游，相期邈云汉。”就在诗人即将沉醉睡去的时候，他郑重其事地和明月和影子这两位酒友约定：让我们结成永恒的友谊，来日再相约聚会在浩渺云天。这种浪漫和天真，这种痴情和悲凉，这种不弃不离的执着，让人感动。乾隆皇帝当年读李白这首诗，曾由衷感叹：“千古奇趣，从眼前得之。尔时情景虽复潦倒，终不胜其旷达。”

李白《月下独酌》的成功，不仅因为想象力奇异，还因为诗中的情绪跌宕起伏，波澜迭起，引人入胜，而且，全诗率性纯真，虽然浪漫奇特，却毫无做作。对此，编《唐诗别裁》的沈德潜这样评价：“脱口而出，纯乎天籁。此种诗，人不易学。”在李白写《月下独酌》之后，曾有很多后人也在诗中邀月，那是拾李白的牙慧，想要超过李白，似乎没有可能了。

前年秋天，在台北，和一批台湾作家共度中秋之夜。从高楼餐厅的窗户可以俯瞰台北夜景，电光曳动，灯火璀璨。但是，大家的目光只是注视着天上的那一轮满月。月华如水，满世界流动着宁静和安详，中秋的明月，照耀着全世界的中国人，无论身在何方，此时，心魂都会在月光中飘飞回故乡，和亲人团圆。坐在我身边的是一位台湾女诗人，我问她，此刻，如果要你选一首诗表达心情，你选什么诗。她几乎不假思索地回答我：“苏东坡的《水调歌头》，‘但愿人长久，千里共婵娟’。”她的话，引起我的共鸣，也被在座的所有人赞同。

古人诗中吟咏中秋的篇章，不计其数。流传最广的，也

许应属苏东坡的《水调歌头》:

丙辰中秋，欢饮达旦。大醉，作此篇，兼怀子由。

明月几时有？把酒问青天。不知天上宫阙，今夕是何年？我欲乘风归去，又恐琼楼玉宇，高处不胜寒！起舞弄清影，何似在人间？

转朱阁,低绮户,照无眠。不应有恨,何事长向别时圆？人有悲欢离合，月有阴晴圆缺，此事古难全。但愿人长久，千里共婵娟。

苏东坡的《水调歌头》，是中国人最熟悉的古诗之一。这首词，是苏东坡在中秋之夜把酒问月，怀念他的弟弟苏辙（字子由），也是对一切经受着离别之苦的人表示的美好祝愿。把酒问月，是受了李白的影响，但苏东坡这首词完全从李白的《把酒问月》脱化出来，有了自己的独特风格和意境。宋代有一位名叫胡元任的诗词理论家，曾经这样评价苏东坡这首词："中秋词，自东坡《水调歌头》一出，余词尽废。"他认为《水调歌头》是写中秋的词里最好的一首，这是一点也不过分的。这首词仿佛是诗人和明月的对话，在对话中探讨着人生的意义。既有情趣，又有理趣，耐人寻味。它的意境豪放而阔大，情怀乐观而旷达，诗中对明月的向往之情，对人间的眷恋之意，以及那浪漫的色彩、潇洒的风格和行云流水一般的语言，感动并吸引了一代又一代读者。此词的最后两句“但愿人长久，千里共婵娟”，已成为中国人对远方亲友最常用的祝福语。这首词，大家都能背诵，也理解词中的情境和寄托的情感，我在这里就不再多做解读。不过我还是想再多说几句苏东坡。刚才我们介绍过李白的吟月诗，说他的《月下独酌》这样奇妙的诗篇不可超越。如果说，中国古代诗人中有谁在吟月的题材上可以和李白相媲美，我以为，非苏东坡莫属。因为《水调歌头》已成中秋咏月的绝唱，后人忽略了苏东坡其他写中秋吟月亮的诗词。其实，苏东坡还有一些中秋吟月的诗篇，也写得意味深长。他的七绝《中秋月》，写清凉月色，感叹人生无常：“暮云收尽溢清寒，银汉无声转玉盘。此生此夜不长好，明月明年何处看。”另一首七绝《八月十五日看潮》：“定知玉兔十分圆，已作霜风九月寒。寄语重门休上钥，夜潮留向月中看。”诗题中有看潮，诗中却并未见潮，诗人只是嘱咐不要锁门，等月上中天后，可以踏着月光出门去江边看夜潮，给人阔大奇妙的想象空间。必须提一下的是《中秋见月和子由》，也和他的弟弟苏辙有关，是和苏辙的诗而作，这是古人写中秋诗篇中难得的长歌，共十四联四十八句，从月升写到月落，其中绘景抒情，记人叙事，既激越酣畅，又低回婉转，读来让人心动：

明月未出群山高，瑞光千丈生白毫。一杯未尽银阙涌，乱云脱坏如崩涛。谁为天公洗眸子，应费明河千斛水。遂令冷看世间人，照我湛然心不起。西南火星如弹丸，角尾奕奕苍龙蟠。今宵注眼看不见，更许萤火争清寒。何人舣舟临古汴，千灯夜作鱼龙变。曲折无心逐浪花，低昂赴节随歌板。青荧灭没转山前，浪飐风回岂复坚。明月易低人易散，归来呼酒更重看。堂前月色愈清好，咽咽寒螀鸣露草。卷帘推户寂无人，窗下咿哑惟楚老。南都从事莫羞贫，对月题诗有几人。明朝人事随日出，恍然一梦瑶台客。

苏东坡在这首诗中把明月比作天公之眼："谁为天公洗眸子，应费明河千斛水。"这样奇特的比喻，前所未有。而"一杯未尽银阙涌，乱云脱坏如崩涛"这两句的气势，也是非同凡响。使我感动的，是诗人自己在月光中的影子："卷帘推户寂无人，窗下咿哑惟楚老。南都从事莫羞贫，对月题诗有几人。明朝人事随日出，恍然一梦瑶台客。"这是一个沉浸于月色的诗人，是一个既浪漫又忧伤的思想者和梦游者。

唐朝的优秀诗人不计其数，《全唐诗》收入诗作四万两千多首，入选的诗人共有两千五百二十九人。其中有一位叫张若虚的诗人，是扬州人，当时和贺知章、张旭、包融一起被称为初唐的“吴中四子”，他在唐代之后差不多被人忘记。《全唐诗》中只收入他两首诗，一首是五言排律《代答闺梦还》，是平平之作，读后不会留下深刻印象，没有几个人知道这首诗；另一首诗，却是一首绝妙佳作，甚至可以说是一首伟大的作品。这是一首写月亮的诗，题为《春江花月夜》。就是这一首诗，使他成为唐诗中的大家，所谓“孤篇横绝，竟为大家”，说的就是这位张若虚。这首诗曾经沉寂了好几百年，除《全唐诗》外，唐人编选的唐诗中，无一将此诗选入，宋人编的唐诗，也少有人选此诗，一直到明代才逐渐为人所识。然而清人蘅堂退士在编《唐诗三百首》时，竟然对此诗弃而不选。闻一多曾经这样评论这首诗：“这是诗中之诗，顶峰上的顶峰。”中国的民族管弦乐《春江花月夜》，就是表现这首诗的意境。

春江潮水连海平，海上明月共潮生。
滟滟随波千万里，何处春江无月明。
江流宛转绕芳甸，月照花林皆似霰。
空里流霜不觉飞，汀上白沙看不见。
江天一色无纤尘，皎皎空中孤月轮。
江畔何人初见月？江月何年初照人？
人生代代无穷已，江月年年只相似。
不知江月待何人，但见长江送流水。

白云一片去悠悠，青枫浦上不胜愁。
谁家今夜扁舟子？何处相思明月楼？
可怜楼上月徘徊，应照离人妆镜台。
玉户帘中卷不去，捣衣砧上拂还来。
此时相望不相闻，愿逐月华流照君。
鸿雁长飞光不度，鱼龙潜跃水成文。
昨夜闲潭梦落花，可怜春半不还家。
江水流春去欲尽，江潭落月复西斜。
斜月沉沉藏海雾，碣石潇湘无限路。
不知乘月几人归，清风摇情满江树。

张若虚的这首诗，把自然的月亮、人文的月亮和情感的月亮融合为一体，诗中不仅以奇妙的意象描绘天水之间的月色美景，也感悟人生，讴歌爱情，流露哲思，回眸历史，叩问宇宙。古人咏月的三个主题，在这首诗中都得到了充分的展现。